Wakestone Hall

ステラ・モンゴメリーの冒険 ❸

地底国の秘密

ジュディス・ロッセル 作
日当陽子 訳

評論社

WAKESTONE HALL

A STELLA MONTGOMERY INTRIGUE THREE

by Judith Rossell

First published in English in Sydney, Australia by
HarperCollins Publishers Australia Pty Limited in 2018.
This Japanese language edition is published by arrangement
with HarperCollins Publishers Australia Pty Limited
through Japan UNI Agency, Inc., Tokyo.

装丁／内海 由

ステラ・モンゴメリーの冒険《ぼうけん》3

地底国の秘密《ひみつ》

1

学校

ステラ・モンゴメリーはおそろしい夢《ゆめ》を見て目をさました。何かに追いかけられていた。暗い空から舞《ま》いおりてきた紙のような翼《つばさ》の青白い生き物だ。長い腕《うで》の先にある、冷たい、細長い指が、ステラの髪《かみ》の毛《け》を通りぬけ、首すじをつかんだ。

ステラはふるえながら、深呼吸《しんこきゅう》した。もう一度。体を起こしてあたりを見まわす。しばらくの間、何もわからなかった。

部屋の屋根は低く、ななめになっている。せまいすきまをあけて鉄製《てっせい》のベッドが二列にならんでいる。ベッドは全部で十五。それぞれのベッドは横に小さな化粧台《けしょうだい》があり、フックに洗面《せんめん》用具《ようぐ》を入れた袋《ふくろ》がかけてある。部屋の片側《かたがわ》にはドアがあり、反対側には大きな洋服ダンスと小さな窓《まど》がある。だれかのいびきが聞こえる。べつのだれかが鼻をすすった。屋根に雨が打ちつけている。

今ステラがいるのは、ウェイクストーン・ホール女学院《じょがくいん》の寮《りょう》にある一年生の部屋だ。

ステラはまた身ぶるいして、うすい毛布《もうふ》を肩《かた》までかけ、ぎゅっとひざをかかえた。心臓《しんぞう》のドキドキが止まらない。まるで命からがら逃《に》げてきたようだ。まだ、翼《つばさ》をばたつかせる生き物の冷たい指につかまれているような気がする。

ステラはひざにあごをのせ、もう一度深呼吸《しんこきゅう》し、何か元気の出ることを考えて気持ちを引き立たせようとした。けれど、それはむずかしかった。ウェイクストーン・ホールはひどい場所だ。もちろん、おばさんたちが選ぶ全寮制《ぜんりょうせい》の学校ならどこもいやな場所にちがいない。けれど、ウェイクストーン・ホールはステラが想像《そうぞう》していたよりひどいところだった。先生たちはきびしくて、授業《じゅぎょう》は長くてつまらないし、食事は最悪だ。

ここにはほかに六十人の女子がいる。ステラはこんなにたくさんの少女を見たことがない。友だちができるかと期待したが、みんな奇妙《きみょう》なくらいにひかえめだ。学校の廊下《ろうか》をならんで無言で歩き、授業中は下を向いている。ステラは最年少の生徒の一人で、自分が取るに足りないものだと感じるし、さびしい。一人でも友だちができたら状況《じょうきょう》はよくなるだろう。

いとこたちに会えなくてさびしい。いとこたちは父親や家庭教師《きょうし》といっしょに船に乗ってサルガッソ海に海草を見にいってしまい、いつ会えるかわからない。ステラもいっしょに行きたかったが、おばさんたちにウイザリング・バイ・シーにあるマジェスティック・ホテルにもどってくるように指示《しじ》された。

ある日の午後、波風呂《なみぶろ》に入ったおばさんたちは、ホテルの長いサンルームで、ゆでた三個《こ》のプデイングのような体からまだ少し湯気をあげ、緑色のにごった水をすすり、ケーキを食べていた。とつぜんディリヴァランスおばさんが、ステラを全寮制の学校にやることに決めたといった。

「しつけ、きびしいしつけが必要です」

ディリヴァランスおばさんはココナッツのマカロンを口に入れ、決心したかのように、かみくだいた。

「規則《きそく》と懲罰《ちょうばつ》」

テンペランスおばさんがコップに入った水を飲みながらいった。片方《かたほう》の目が落ちつきなく動く。

「そのとおりです」

と、コンドレンスおばさん。プラムケーキを飲みこんだとき、特別製《とくべつせい》のコルセットがギシギシ、ビュンと音を立てた。

おばさんたち三人は、ステラをにらんだ。

「ウェイクストーン・ホールはすばらしい学校です。ちょうどいい立地にあります。昔わたしたちが住んでいたワームウッド・マイアからあまり遠くありません」

ディリヴァランスおばさんがいった。

「ディリヴァランスは生徒会長でした。それにお裁縫《さいほう》、エチケット、朗読《ろうどく》で賞を取りました。アンストラザー伯爵《はくしゃく》夫人《ふじん》の品行方正賞も」

テンペランスおばさんがほこらしそうにいった。

「三回も」

コンドレンスおばさんがニコニコしながらいった。

それからとうとつに、おばさんたちはうたいはじめた。かん高い、ふるえる声だ。

ウェイクストーンの生徒、苦しみ争いにたえ、
毅然《きぜん》として人生を歩む。
最も暗い夜を進み、
つねに道義《どうぎ》をわきまえ、つねに正しく。

たくさん歌詞《かし》のある長い曲だった。ほかの宿泊客《しゅくはくきゃく》がおどろいてささやきあっている。カラザーズ将軍《しょうぐん》はひげをモゴモゴさせてつぶやき、レディ・クロッティントンの性格《せいかく》の悪い小型犬《こがたけん》オズワルド卿《きょう》はおそろしそうにかん高い鳴き声をあげて飼《か》い主《ぬし》のいすの下に逃《に》げこんだ。ステラはおどろいて、靴《くつ》の中でつま先が上向きになった。笑いをかみころすために舌《した》をかまなければならなかった。おばさんたちが生徒だったことがあるなんて信じられない。ありえない。

「もちろん、あなたの亡《な》くなった母親もウェイクストーン・ホールにいたのですよ。ゆるされない

行いをしました」

ディリヴァランスおばさんは顔をしかめた。

「それにもかかわらず、ガーネット校長はわたしのたのみをきいて、あなたを受け入れるといってくださったのです。あなたが感謝《かんしゃ》して従順《じゅうじゅん》であると信じています」

「はい、ディリヴァランスおばさん」

ステラはできるだけ感謝して従順であるように聞こえるようにいった。ママが学校に行っていたなんて考えたことがなかった。どんなひどいことをしたのだろう？　おばさんたちにたずねてもむだだ。質問《しつもん》に答えてくれたためしがない。

ママが昔いた学校に行くのは興味《きょうみ》深いことだろう。

その三週間後、新学期を始めるために、ステラはウェイクストーン・ホール女学院《じょがくいん》に向かっていた。新しい服を着ているので体が動かしにくかった。コートとドレスはチクチクする生地《きじ》でできているし、新しい靴はきつくて足が痛《いた》い。長靴下はかゆいし、下着は複雑《ふくざつ》なつくりで着心地がよくない。

帽子《ぼうし》についているリボンはウェイクストーン・ホールのスクールカラーである不快《ふかい》な紫《むらさきいろ》色だ。

ステラは夕方に学校についた。複雑《ふくざつ》にはりめぐらされた、音が反響《はんきょう》する廊下《ろうか》と、寒くてうす暗い部屋——というのが学校の第一印象《いんしょう》だった。

ステラのほかに、二人の少女が一年生に入学した。アガパンサス・フォーキントン・フィッチとオッティリー・スミスだ。ステラは二人と友だちになれるかと期待したが、二人とも特に感じがいいとはいえなかった。アガパンサスはステラと同じぐらいの年に見えた。顔にそばかすがあり、三《み》つ編《あ》みにした細いうす茶色の髪《かみ》が二本、頭からつきだしている。気むずかしそうだ。ステラがすばやくほほえみかけると、アガパンサスはちょっとだけ顔をしかめて返しただけだった。

オッティリーは一歳《さい》ぐらい年下で、学校で一番背《せ》が低かった。黒い髪と目の、やせた子だ。とても内気で不安そうで、ステラがほほえみかけると、びっくりしたような顔をしたので、泣き出すのではないかと心配になった。

もう二週間ぐらいいっしょにいるが、友だちとよべるほど親しくなれない。毎日授業《じゅぎょう》（朗読法《ろうどくほう》、礼儀作法《れいぎさほう》、家庭科、フランス語会話、お裁縫《さいほう》、どれもつまらない）のとき、ステラはアガパンサスとオッティリーの横にすわる。毎日午後になると、三人は無言の生徒たちの列の最後にならんで歩く。お天気のよい日にはウェイクストーン公立庭園に、雨の日——たいていの日が雨だった——はウェイクストーン美術館《びじゅつかん》に行く。寮《りょう》の部屋では三人ならんで眠《ねむ》る。

おしゃべりができたら友だちになるのはかんたんだっただろうが、ウェイクストーン・ホールでは、生徒は食事のときにだけ話すことがゆるされる。それぞれのテーブルのはしには先生がすわり、食事作法をまちがえていないか、会話が高尚《こうしょう》で、フランス語で話されているか見はっている。

一年生の担任《たんにん》であるマンガン先生はとてもきびしくて、きちょうめんな人だった。火かきぼうのように背中をまっすぐにしてすわり、めがねの奥《おく》のうすい色の目が生徒たちのまちがいを探《さが》して光っている。テンペランスおばさんに長いこと教わってきたにもかかわらず、ステラはフランス語ではかんたんなことしかいえない――とても高尚なことは話せないのだ――そこで、マンガン先生の注意を引かないようにして食事する。どちらかといったらのりのような味のする質素《しっそ》なポリッジ（おかゆ）、ゆでキャベツをそえた冷たいマトン（羊肉）、水のようなホワイトソースのかかった骨《ほね》だらけのフィッシュパイ、マーガリンを少しぬったパサパサのパン、だまのあるうすいソースの海におぼれているスエット・プディング（牛や羊の脂、パン粉、スパイス等でつくる）を食べる。

ステラは気がめいってため息をついた。

いつも元気を出すために、ふたごの姉妹のルナのことを考える。ルナのことを考えるとなぐさめられた。よくルナの夢《ゆめ》を見た。夢の中でステラはルナになり、夜に森の木の間を静かに通りぬけたり、月明かりの下で小さな声でうたったりした。大きなフクロウの背中に乗って暗い空を飛ぶこともあった。

けれど今夜は、夢《ゆめ》の中でおそろしい生き物につかまれそうになった。あの夢の意味はなんだろう？　ルナが危険《きけん》にさらされているの？　そう思うとおそろしかった。ルナがワームウッド駅の近くにあるスピンドルウィード夫人《ふじん》のお菓子屋《かしや》で安全に眠《ねむ》っていることを確《たし》かめる方法があったらいいのに。ルナのいるところは、ここからあまり遠くない。ルナにメッセージを送れたらいいのに。無事でいて、とステラはささやいた。その言葉を、小さな、ゆれるロウソクの炎《ほのお》だ、と想像《そうぞう》した。ルナは自分の夢を見ていて、夢の中でこのメッセージが聞こえるかもしれない。

ステラは体をふるわせた。自分に、姿《すがた》が見えなくなるふたごの姉妹がいることを知ったらアガパンサスやオッティリーやほかのウェイクストーン・ホールの生徒たちはどう思うだろう？　あるいは、ステラ自身も透明《とうめい》になることができると知ったら？　不思議な力を持つフェイだと知ったら？　ステラは、だれにも秘密《ひみつ》を知られない決意をした。

最後にルナに会ったときのことを考えた。夜の森の中だった。スピンドルウィード夫人が月明かりの下に立ち、ショールを肩《かた》に巻《ま》きつけて、きびしい声でいった。あたしはずっとティック（ルナの愛称）を守ってきた。今もそうする。

スピンドルウィード夫人はステラに、ルナのことを秘密にすると約束させた。それからフクロウに変身し、ルナを背中《せなか》に乗せて、飛びさった。

暗やみの中で、ステラはルナにささやいた。

「あなたは、ここのこと、きらいなはずよ。わたしより、きらいなはず」

そのとき、くぐもった泣き声が聞こえた。となりのベッドにいるオッティリーだ。ベッドの上がけの下に、暗いかたまりが見えるだけだ。ささやきかけようとして口をひらいたが、ためらった。

〈消灯後《しょうとうご》はいかなる理由があっても、話をしてはならない。〉

ウェイクストーン・ホールにはたくさんの規則《きそく》があった。すべての寮《りょう》の部屋、教室にはってあり、新入生はそれを暗記しなければならなかった。規則をやぶった生徒は、きれいな字で、何度もその規則を書かされた。規則が多すぎて、気づかずにすぐやぶってしまう。ステラはすでに何度か、ほかの生徒が夕食をとったり、先生が『若《わか》い女性《じょせい》のための読み物と道徳《どうとく》の教え』にのっているためになるお話を読むのを聞きながら長靴下《ながくつした》をつくろったりしている間、寒い教室にすわって、やぶった規則を紙に書かされた。

品行の悪かった生徒は、校長先生のパーラー（居間）に送られた。ステラはまだガーネット校長に会ったことがなくて、パーラーで何があるのか知らなかったが、想像するだけでゾッとした。先週、三年生の新入生の一人がパーラーに送られた。一時間後にその生徒はもどってきた。真っ青な顔で体をふるわせ、そのあと二日間何もいわなかった。

暗やみの中で、オッティリーがまたしゃっくりをしながら泣いた。

ステラはささやいた。

「だいじょうぶ?」

オッティリーは返事をしない。

ステラはもう一度ささやいた。

「お願い、泣かないで」

返ってきたのは鼻をすする音だけだ。ステラは少しがっかりしたが、もう一度声をかけてみた。

「ここはひどいけれど、もしかしたら――」

とつぜん物音が聞こえたのでステラはドキッとした。身を固《かた》くして聞き耳を立てる。

寮母《りょうぼ》のマクラッグ先生かもしれない。マクラッグ先生は片足《かたあし》が木製《もくせい》の義足《ぎそく》で、杖《つえ》をついているから、歩くときにコツン、ドンと大きな音を立てるのだ。先生はのりのきいた白いエプロンをつけていて、目をさましている生徒やベッドから出ている生徒がいないかどうか調べながら、夜のウェイクストーン・ホールの廊下《ろうか》をおそろしい戦艦《せんかん》のように体をゆらして歩くのだ。

また音が聞こえた。引っかくような音だ。廊下からではなく、窓《まど》から聞こえる。

〈緊急《きんきゅう》のときをのぞいて、起床《きしょう》の鐘《かね》がなるまで起きあがってはならない。〉

ステラは息をすいこんで、ドアを見ると、ベッドからぬけだした。はだしの足にリノリウムの床《ゆか》は氷のように冷たい。自分の体をだきしめながら、オッティリーのベッドを通りすぎて窓に行った。

〈悪い空気がこもらないように、すべての寮の部屋の窓はきっかり五センチあけておかなければな

らない。〉

ステラはそっと窓を引きあけ、窓台によりかかって、外の冷たい、雨ふる夜を見た。せまい屋根裏《やねうら》の窓から、鉄の雨どいまで屋根がななめになっている。学校のまわりにある背《せ》の高い家が、夜の空にギザギザの黒い影《かげ》をつくっている。四階下で、ぬれた玉石の石畳《いしだたみ》が街路灯《がいろとう》の明かりを受けて光っている。

市庁舎《しちょうしゃ》の時計が時を打ちはじめた。ステラは遠くから聞こえる時計の音を数えた。十二時。真夜中だ。

また、引っかくような音が聞こえた。窓のすぐ下の屋根の上で黒いものが動いている。ステラは悲鳴をあげそうになった。黒いものがニャーンと鳴いたので、ほっとして息をついた。ネコがすべりやすいスレートにしがみついているのだ。ネコはまた鳴いた。

「落ちないで」

ステラはささやいた。窓から体をのりだし、ネコをつかまえようとしたが、手がとどかない。窓台にのり、できるだけ手をのばした。ネコはステラの方によじのぼってくる。さらに体をのりだす。バランスをくずしてあせった。つかまるものがない。指がぬれたスレートをすべる。窓から頭を下にして落ちそうだ。ステラは小さな悲鳴をあげた。

そのとき、だれかがステラの腰《こし》のあたりをつかんだ。

「おさえてる」

ささやき声が聞こえた。オッティリーだ。

「しっかりおさえていて」

ステラは息をととのえ、思いきり手をのばして、なんとかネコの首の毛をつかんだ。

「つかんだわ」

オッティリーがステラの体を引っぱり、ステラはネコを引きずってソロソロとさがる。ステラは、ぬれてふるえ、ジタバタするネコをつかんだまま、窓台《まどだい》からおりた。

「ありがとう」

ステラがささやくと、オッティリーはうなずいた。

ネコはステラの肩《かた》にのぼった。爪《つめ》をくいこませ、何度かうれしそうに鳴いた。雨のあたらない室内に入ったのがうれしいようだ。

「シーッ」

ステラはネコをなでながらささやいた。ネコは黒か灰色《はいいろ》の暗い色の毛で、丸い目がかがやいている。びしょぬれの毛深いひふの下の骨《ほね》に手がふれる。爪は針《はり》のようだ。

ステラはオッティリーに聞いた。

「どうしましょう？　みんなが目をさますわ。そしたら、わたしたち、とてもこまったことになる」

寮《りょう》の中でネコを飼《か》うことについての規則《きそく》があるのはまちがいない。規則は一つではないかもしれない。きっと今、一度に半ダースもの規則をやぶっている。

ネコはまた、ステラをこまらせるように大きな声で鳴いて、ステラの耳を強くかんだ。ステラは悲鳴をあげるのをこらえた。生徒の一人が何かつぶやいて寝返《ねがえ》りを打ったが、目をさまさなかった。

オッティリーはネコの頭をなでた。

「か、かわいそうな、ネコちゃん。おなかがすいてるんだ」

「ごめんね、ネコちゃん。でも、おまえをここにおいておけないの」

ステラはささやいて、もう一度ネコをなでると、どうしようか考えた。

「下の階に連れていくわ。窓をあけて、外に出せるかもしれない」

「あたしもいっしょに行ってもいいよ」

オッティリーがおずおずとささやいた。

「見つかったら、うんとしかられるわ」

ステラがいうと、オッティリーは口ごもったが、やがてうなずいた。

ステラはマクラッグ先生のことを考えた。もし、いない間に先生が来たらどうしよう？

「毛布《もうふ》の下に枕《まくら》を入れるの。こんなふうに」

いやがってもがくネコをなんとかオッティリーにわたすと、ステラは毛布をよせて中に枕を入れた。オッティリーはネコをステラに返して、自分のベッドを同じようにした。ネコはまたステラの肩《かた》によじのぼった。オッティリーは自分の毛布を引っぱったり、たたいたりする。二人はさがってベッドを見た。暗いからマクラッグ先生が近よって見ないかぎり、わからないだろう。

ステラは息をすいこんではきだし、ささやいた。

「行きましょう」

それから、しのび足でドアまで行き、廊下《ろうか》をのぞいた。

ステラはつばを飲みこんだ。通過《つうか》しなければならない危険《きけん》がたくさんある。廊下にそってあと二つ生徒の部屋があるし、お手洗《てあら》いと、メイドの寝室《しんしつ》がならんでいる。下の階には、さらに三つ生徒の部屋があり、その下には先生たちの部屋と教室がある。その下では、一番おそろしいことに、ガーネット校長のパーラーの前を通らなければならないのだ。しんちょうに、ネズミのように静かに行かなければならない。かつ、運にめぐまれる必要もある。

「行きましょう」

ステラはささやいた。

二人の少女は音を立てずに廊下に出た。コツン、ドンという音が聞こえ、ロウソクの明かりが見えた。ネコはステラの肩《かた》に爪《つめ》をくいこませて、いかくする音を出した。

オッティリーがステラの腕《うで》をつかんでささやいた。

「大変！」

廊下のはずれに、大きな影《かげ》がそびえたった。

マクラッグ先生が近づいてくる。

2

ソーセージ

「急いで！」

ステラがいった。

ステラとオッティリーは部屋に逃《に》げこみ、自分たちのベッドにとっしんした。暗い中で、ステラがベッドのはしにぶつかったので、オッティリーがステラにぶつかった。ネコがおこったように鳴いた。

「どなた？」

アガパンサスが体を起こして、ステラのねまきのそでをつかんだ。

「はなして！　マクラッグ先生が来るわ」

ステラはあわててささやいた。

コツン、ドンという足音が近づいてきた。ロウソクの明かりが見える。

「急いで。ベッドの下に」

アガパンサスがささやいた。

ステラとオッティリーはしゃがんで、アガパンサスのベッドの下にもぐりこんだ。ネコが身をよじっていかくする音を立てる。

「シーッ」

ステラはネコのおなかのあたりをだきしめた。

間に合った。マクラッグ先生の大きな姿《すがた》が入り口にあらわれた。手に持ったロウソクのゆれる炎《ほのお》のせいで、先生の影《かげ》が床《ゆか》にのびる。ステラは息を止めた。

オッティリーがふるえているのがわかる。二人の頭の上で、アガパンサスがわざとらしいいびきをかいている。

マクラッグ先生は何かブツブツいうと、部屋に入ってきた。先生は、ステラが手をのばしたらスカートにふれられるくらいそばを通った。先生のエプロンがカサカサと音を立てる。ベッドが空《から》なのに気づくだろうか？　先生があいた窓《まど》に手をのばした。不機嫌《ふきげん》そうにつぶやく声が聞こえる。それから、ギーと音を立てて、きっかり五センチだけ残して窓が閉《し》められた。先生は向きを変え、コツン、ドンと足音を立てて部屋から出ていった。

足音が小さくなっていく。

「ちょっと待っていらして」

アガパンサスはささやいてベッドから出ると、しのび足でドアに行って、廊下《ろうか》をのぞいた。それから、もどってきてベッドの下に顔を出してささやいた。

「行きましたわ」

ステラとオッティリーはベッドの下からはいだして、立ちあがった。

「ありがとう」

ステラがいうと、アガパンサスが聞いた。

「そのネコをどうなさるの？」

「窓《まど》から入ってきたの」

「かわいそうなネコちゃん」

アガパンサスがネコをなでると、ネコは大きな声で鳴いた。

「おなかがすいてるんだと思う」

オッティリーがいった。

「わたしたち、このネコを下に連れていって、外に出してあげようとしていたの」

ステラがいった。

「わたくしもいっしょにまいります」

「つかまったら、しかられるわ」

ステラがささやいた。

「わかっております。つかまらないようにしなければ」

アガパンサスはイライラしたような声でいうと、すばやく枕《まくら》を毛布《もうふ》の下に入れて、ポンとたたいた。

「まいりましょう」

三人はまた入り口までしのび足で行き、暗い廊下《ろうか》をのぞいて、耳をすませた。

しばらくしてステラがささやいた。

「行きましょう」

三人は部屋からぬけだし、一列になって壁《かべ》ぎわを進む。ネコをだいたステラが先頭で、オッティリー、アガパンサスと続く。廊下のはしにつくと、階段《かいだん》をおりはじめた。階段がきしむ。三人はゆっくりと一段ずつおりていった。

下の階で、三人はならんだ暗い入り口の前をしのび足で歩く。

コツン、ドンという足音が近づいてきた。ロウソクの明かりがゆれている。

「またマクラッグ先生だわ。急いで!」

ステラはささやいた。

三人は一つの部屋にとびこんで、あいたドアの後ろの壁にへばりついた。またネコが鳴いて、ステラの耳に強く頭をおしつける。

「シーッ」

ステラはささやいた。暗い中、手探《てさぐ》りでネコの口を手でおおった。

マクラッグ先生の足音が近くにきて、止まった。息をする音が聞こえる。先生からコールタールせっけん、肝油《かんゆ》、硫黄《いおう》のきついにおいがする。

先生は何かつぶやき、やがて足音が遠ざかっていった。しばらくして、アガパンサスが入り口からのぞいて、ささやいた。

「行きましたわ」

三人はしのび足で階段《かいだん》に行き、おり、先生たちの部屋や教室の前を通りすぎる。ガーネット校長のパーラーのある廊下《ろうか》にやってきた。三人は足を止めて、角《かど》からのぞく。窓《まど》からさしこむ明かりが、床《ゆか》に影《かげ》をつくっている。

オッティリーはおよびごしだ。

「まいりましょう」

アガパンサスがささやいた。

ネコが鳴いた。

「シーッ」

ステラがささやく。

三人は足音をしのばせて廊下を歩き、一人ずつガーネット校長のパーラーの前をそっと通りすぎた。タイルばりの大きな階段の上に来た。下にある玄関《げんかん》ホールの中央にはテーブルがあり、ほこりまみれのハランを植えた真鍮《しんちゅう》の鉢《はち》がのっている。外の通りにあるガス灯《とう》の明かりで、玄関ドアの上にある窓の色ガラスがかがやいている。

「こっちはだめだよ」

オッティリーがステラの腕《うで》をつかんでささやいた。

「そうね」

ステラがいった。

〈いかなる場合でも、生徒は主階段を使用してはならない。〉

これはステラがウェイクストーン・ホールに来て初めに教わった規則《きそく》だ。到着《とうちゃく》して十分以内にこの規則をやぶり、その日の夕方、ステラは泣きたいのをこらえながら、この規則をきれいな字で五十回書かされた。

三人は角を曲がって、裏階段《うらかいだん》に向かうカーブした廊下を進んだ。

またネコが鳴いた。

「おなかがすいてるんだ。何か食べるものを探《さが》せるかも」

オッティリーがささやいた。ステラは裏階段に向かいながらいった。

「厨房《ちゅうぼう》に何かあるかもしれないわ。夕食の残りがあるかも。フィッシュパイとジャムプディングが出たでしょ」

「あのフィッシュパイはほんとうにまずかったですわ」

アガパンサスが不機嫌《ふきげん》にいった。

「骨《ほね》だらけでしたし、カビの生えた靴下《くつした》のような味でした。あんなもの、かわいそうなネコちゃんにあげられません。ぜったいに。それに、ジャムプディングはブヨブヨの死人の足みたいに見えました。わたくし、自分の分をポケットにかくして、窓《まど》から捨《す》てましたわ。まだ、花壇《かだん》に落ちているでしょう。きっと、ネズミでさえ食べません。ここの食べ物は最悪ですわ」

ステラとオッティリーはクスクス笑った。

アガパンサスが食堂のドアをあけ、三人は長いテーブルの間を縫《ぬ》うように歩いた。

「この学校は最悪ですわ。先生たちの長靴下にナメクジを入れてあげたいくらいです。わたくし、一度、家庭教師《きょうし》のベッドにカエルを入れたことがありますの。あの悲鳴を聞かせてあげたかったですわ。さあ、厨房《ちゅうぼう》にはここから行けるはずです」

アガパンサスは緑色のドアを引っぱってあけた。ステラとオッティリーはアガパンサスについてタイルばりの廊下《ろうか》を歩く。短い階段《かいだん》をおりて角《かど》を曲がると、広々とした、影《かげ》の多い部屋に出た。脂《あぶら》と古いゆでキャベツのにおいがする。大きなテーブルの上は、鍋《なべ》や積みかさねられた皿や深皿でいっぱいだ。巨大《きょだい》な料理用ストーブがあり、ひとつの壁《かべ》の上の方には小さな窓がならんでいた。

窓の一つがあいていて、雨がふきこんでいる。

オッティリーは引き出しや戸棚《とだな》をあけて、中をのぞきこんでささやいた。

「何も食べ物はないよ」

アガパンサスは料理用ストーブの上の大きな片手鍋《かたてなべ》のふたを取った。

「何も入っていませんわ。食料貯蔵室《ちょぞうしつ》はどこでしょう？」

ステラは自分たちが入ってきたところの近くにあるドアを見た。かけがねと錠前《じょうまえ》がついている。

「ここだと思うわ」

ステラは錠前をゆらした。

「でも、鍵《かぎ》がかかっている」

ネコはおなかがすいたように鳴いた。

「かわいそうなネコちゃん、ここには何もないわ」

ステラはネコをなでた。

オッティリーが錠前に指をのせると、両手でつつんだ。内側から小さなカチッという音がした。

オッティリーは錠前をぬき、かけがねをはずした。

「どうやったの？」

ステラがおどろいて聞くと、オッティリーはモゴモゴといった。

「鍵《かぎ》がかかってなかったの」

食料貯蔵室《ちょぞうしつ》は暗くてせまい部屋だった。棚《たな》がならんでいて、袋《ふくろ》やたるや箱でいっぱいだ。アガパンサスがそこにあるものにしんちょうに指でさわりながら、棚を探《さが》す。

「ラード、小麦粉《こむぎこ》、オートミール」

オッティリーが深皿のふたを取ってにおいをかいだ。

「プルーン、だと思う」

それから一枚《まい》の皿を持ってにおいをかいだ。

「これ、ガーネット校長のソーセージだと思う」

校長は朝食に揚《あ》げパンといっしょによくソーセージを食べる。タラ、マトンチョップ、デビルド・キドニー（腎臓を使った料理）などを食べることもある。いつもおいしそうなにおいがするものを食べているのだ。けわしい顔の年取ったメイドが特別な銀のお盆《ぼん》にのせて、食堂を通って校長のパーラーまで運ぶ。

アガパンサスがソーセージをつついた。

「ソーセージがひとつながりありますわ。一本なくなったら気がつくと思います？」

「気がつくと思うわ」

ステラがいった。

とつぜん、ネコがうれしそうにのどを鳴らすと、身をよじってステラの手からぬけだし、ソーセージにとびついた。

オッティリーが悲鳴をあげて、あとずさり、つまずいてソーセージの皿を落とした。皿はタイルの床《ゆか》に落ち、雷《かみなり》が落ちたような音を立てて割《わ》れた。

「大変！」

オッティリーが息を飲んだ。

ネコはひとつながりのソーセージにとびつき、すみにあるタマネギの大きな袋の後ろに引きずっていった。ステラはひざまずいて、袋の後ろをまさぐってソーセージを探した。ネコはいかくするような音を出して、ステラの手をたたいた。ステラはとびのく。袋がかたむき、タマネギがこぼれて床をころがる。

ネコがかくれていたところからとびだしてきた。それをつかまえようとして、ステラはタマネギをふみ、バランスをくずしてアガパンサスにぶつかった。

ネコはソーセージをくわえたまま、食料貯蔵室の一番高い棚にのぼった。

大きな缶《かん》が落ちた。

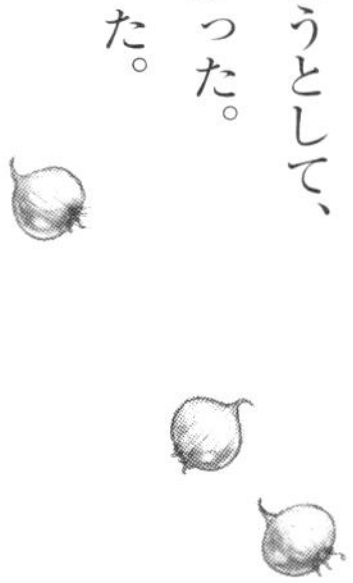

「痛《いた》い！」

かがみこんで、皿の破片《はへん》やちらばったタマネギをひろっていたオッティリーがさけんだ。

「ごめんなさい！」

ステラがささやいた。棚《たな》をのぼって、上にいるネコを手探《てさぐ》りしている。

「ネコちゃん」

やさしい声でいう。ネコはまたいかくするような音を立て、ソーセージをくわえたまま、棚をかけていく。べつの缶《かん》が落ちてガシャンと音を立てた。

「シーッ、だれかが来ますわ」

アガパンサスがささやいた。

ステラは息を飲んだ。

オッティリーが小さな悲鳴をあげた。

逃《に》げるひまがない。アガパンサスは食料貯蔵室《ちょぞうしつ》のドアを閉《し》めようと引っぱったが、きちんと閉まらない。

声とコツン、ドンという足音が近づいてきた。

「急いで！」

ステラがささやいた。

三人は食料貯蔵室の奥《おく》の大きなジャガイモの袋《ふくろ》の後ろに身をよせあった。

ドアのすきまからロウソクの明かりが見える。

逃げ場がない。

3

犯人探し

足音が近づいてきて、食料貯蔵室《ちょぞうしつ》のドアがあいた。

マクラッグ先生が入り口に姿《すがた》をあらわした。片手《かたて》でロウソクを持ち、片手で杖《つえ》をふりまわした。その後ろから、二人のメイドがこわごわとのぞいている。

食料貯蔵室の奥《おく》、ジャガイモの袋《ふくろ》の後ろで、ステラはアガパンサスの体がビクンと動いたのを感じた。オッティリーはふるえている。

「そこにかくれているのは、だれですか? すぐに出て来なさい!」

マクラッグ先生は頭上で杖をふると、食料貯蔵室の中に入ってきた。

ステラは暗やみの中でオッティリーの手を探《さが》して、にぎりしめた。

もし、先生がもう一歩進んだら、見つかってしまう。

そのとき、先生がタマネギをふんでしまった。先生は悲鳴をあげて、腕《うで》をふりまわし、ロウソクを落とした。ロウソクはジユッと音を立てて消えた。先生は、よろめいてテーブルの上に積みかさねられた深皿を落としながら、食料貯蔵室から出ていく。深皿は床《ゆか》に落ちて割《わ》れる。

メイドたちが悲鳴をあげた。

ネコはニャーンと鳴くと、しっぽをブラシのようにふくらませて棚《たな》からおり、ソーセージを引きずりながら食料貯蔵室からとびだしていった。先生は暗やみの中で、ネコをたたこうと、やみくもに杖をふりまわした。杖はネコにはぶつからなかったが、ほかの食器を落としてしまった。

メイドたちが金切り声をあげる。

ネコはテーブルにとびのり、先生の頭にとびあがった。先生はまた悲鳴をあげ、めちゃくちゃにふりまわした杖が物にぶつかる。ガシャンと音を立てて片手鍋《かたてなべ》が何個《こ》か落ちた。先生は鍋につまずいてメイドたちにぶつかり、先生とメイドたちはころんだ。

ネコは高い棚にとびあがり、そこから窓台《まどだい》にあがった。ガーネット校長のソーセージをくわえたまま、あいていた窓から外にとびだし、夜のやみに消えてしまった。

ステラはアガパンサスとオッティリーをひじでつつき、

ささやいた。

「行きましょう。急いで」

三人は食料貯蔵室《ちょぞうしつ》からそっと出た。

ヨロヨロと立ちあがろうとしているマクラッグ先生とメイドのまわりをしのび足で歩く。

先生が三人を見てさけんだ。

「そこにいるのはだれです？　止まりなさい！」

三人は止まらなかった。全速力で厨房《ちゅうぼう》からとびだし、階段《かいだん》をのぼり、廊下《ろうか》を走り、食堂を通って、裏階段《うらかいだん》に向かう。

前方にロウソクの明かりが見えた。

ステラが急に足を止めたので、アガパンサスがぶつかって、ステラはころびそうになった。

「だれかがおりてくるわ！」

ステラがいった。三人はパッと向きを変えて、来た方向にかけだした。

三人が食堂のドアの前を走っているとき、厨房からまたガシャンという音とマクラッグ先生のさけび声が聞こえた。オッティリーがおびえて悲鳴をあげた。三人は大急ぎで玄関《げんかん》ホールに向かう。

ランプを持った人が主階段をおりてくる。間一髪《かんいっぱつ》で、三人はハランを植えた真鍮《しんちゅう》の鉢《はち》の後ろにかくれた。副校長のフェルスパー先生が通りすぎていった。ガウンを着てレースのナイトキャップをかぶっている。もし横を向いたら、かくれている三人に気がついただろう。運のいいことに、先生は横を向かなかった。

三人は少し待ち、顔を見合わせると、かくれていたところからはいだして、主階段を一段ぬかしでかけあがった。ガーネット校長のパーラーの前の廊下をかけぬけ、角《かど》を曲がり、階段をかけあがる。先生たちの部屋の前を走っているとき、ドアノブが音を立てた。

「どうしましょう!」

アガパンサスがいった。

ドアがあいて、マンガン先生が顔を出した。毛糸編《あ》みのナイトキャップをかぶり、顔にコールドクリームをぬっていて、めがねをかけていないし、入れ歯をはずしているので、別人に見える。

オッティリーは悲鳴をあげて、つまずいてころんだ。ステラとアガパンサスはオッティリーの手をつかんで立ちあがらせた。

マンガン先生は近視《きんし》の目をしばたきながら、暗い廊下を見た。

「そこにいるのはだれです?」

ステラとアガパンサスはオッティリーを引きずって角《かど》を曲がり、階段《かいだん》をのぼった。廊下《ろうか》を走り、最後のらせん階段をのぼり、せまい廊下をしのびあしで歩いて一年生の部屋に向かう。

最上階は静かだった。屋根に雨のあたる音がする。ずっと下の方から、かすかに声やドスン、バタンという音が聞こえる。ほかの子のベッドからモゴモゴと声が聞こえた。だれかが寝返《ねがえ》りを打ち、また眠《ねむ》った。だれも三人についてきていない。だれも目をさまさなかった。

ステラは息を切らしながら、自分のベッドにもぐりこむと、あごの下まで毛布《もうふ》を引きあげてささやいた。

「うまくいったわね」

「マクラッグ先生に見られたと思う。あるいはマ、マンガン先生。マンガン先生に見られたと思うよ」

オッティリーがいった。

「見られませんでしたわ。とても暗かったですもの。それに、わたくしたち、すごく速かったですし。どちらにしてもマンガン先生はめがねをかけていませんでしたわ」

アガパンサスがいった。

しばらくしてオッティリーがささやいた。

「あのネコちゃんがうまく逃《に》げたらいいんだけど」

「逃げたわよ。窓《まど》からとびだしたのを見たわ」

と、ステラ。

「今ごろ、ガーネット校長のソーセージをくわえて通りを走っていますわ」

アガパンサスはささやくと、とつぜん、鼻を鳴らして笑った。


翌朝早《よくあさ》く、起床《きしょう》の鐘《かね》が鳴ったとき、ステラはほんの数分しか眠っていないような気がした。混乱《こんらん》したおそろしい夢《ゆめ》を見たので、頭がぼうっとして重かった。ステラはあくびをして目をこすった。

窓からうす暗い朝の光が入ってくる。まだ雨がふっていて、とても寒かった。

寮担当《りょうたんとう》のメイドの陽気な少女が、たたんだタオルの山を持って部屋に入ってきてささやいた。

「起きてください。あの方が来ますよ」

顔をしかめて、肩《かた》ごしにつけくわえた。

「とてもご機嫌《きげん》が悪いです」

ステラはふるえながら、ベッドから出て、またあくびをした。

「起きて、起きて」

マクラッグ先生が、コツン、ドンと足音をひびかせながら部屋に入ってきた。杖《つえ》に全体重をのせている。ほおにひどいすり傷《きず》がある。

「起きなさい」

先生はベッドのはしを杖でたたいた。

「今日は検査《けんさ》をします」

最初のベッドに行くと、化粧台《けしょうだい》の引き出しをあけ、杖をさしこんだ。

「きっとソーセージを探《さが》しているのですわ」

アガパンサスがささやいた。

ステラはドキッとした。化粧台の一番下の引き出しには小さなオルゴールが入っている。かつてママのものだった。マジェスティック・ホテルのおばさんたちの部屋においておけなくて、持ってきたのだ。引き出しの奥《おく》、夏物の下着や長靴下《ながくつした》の後ろに入れてあるが、安全なかくし場所とはいえない。もしマクラッグ先生に見つかったら没収《ぼっしゅう》されてしまう。

〈記念品や装飾品《そうしょくひん》は、下品で感傷的《かんしょうてき》なものなので持ちこみ禁止《きんし》。〉

先生は部屋の中を動きまわってベッドや化粧台を一つずつ検査しながらステラに近づいてくる。マットレスや枕《まくら》をさぐり、引き出しを引っくり返してヘアリボンや長靴下を床《ゆか》にぶちまける。それを杖の先でかきまわし、

「整理しなさい」

といって次のベッドに行く。

先生が背中《せなか》を向けるとすぐ、ステラはひざまずいて一番下の引き出しをあけ、オルゴールを取りだした。胸《むね》にだきしめる。

「どこにかくしたらいいの？」

絶望《ぜつぼう》したようにささやいた。

「下着にかくしたらいかがですか？」

アガパンサスがいった。

「大きすぎて入らないわ」

「枕の下は？」

そのとき、先生がだれかの枕を部屋の向こうに投げたのでステラはおどろいた。

オッティリーがささやいた。

「せ、洗面袋《せんめんぶくろ》の中に入れて。いいかくし場所があるから、教えてあげる」

先生はアガパンサスのベッドに来て、うたがわしげにマットレスをさぐった。ステラはフックにかけた洗面袋を引ったくって、スポンジやヘアブラシの間にオルゴールを入れると、きつくひもを引っぱった。袋はふくらんで見える。ステラは腕《うで》にタオルをかけて、先生に見つからないことを祈《いの》った。

　間一髪《かんいっぱつ》だった。マクラッグ先生が来て、ステラの化粧台《けしょうだい》の引き出しをあけた。顔をしかめながら中身をかきまわす。枕《まくら》の下やマットレスをさぐり、オッティリーのベッドに行った。ステラは止めていた息をはきだした。

　ステラたちは急いで洗面所《せんめんじょ》にいった。年上の少女たちが不安そうな顔をしている。

「だれかがベッドから出て厨房《ちゅうぼう》に行ったそうよ。夜に」

「規則違反《きそくいはん》だから、罰《ばつ》を受けるわ」

「シーッ」

　一人の少女が不安そうにふりかえった。

「おしゃべりしちゃいけないわ」

　ステラ、アガパンサス、オッティリーは顔を見合わせた。

「わたくしたち、見られませんでしたわ。ぜったいに、だれにも見られませんでした」

　冷たい水で手と顔を洗《あら》いながら、アガパンサスが小声でいった。オッティリーはあたりを見まわし、年上の少女たちが見ていないか確認《かくにん》すると、ステラをつついて一番はしにある個室《こしつ》をしめした。

「急いで」

　息をすいこんだ。

ステラが個室にすべりこむと、オッティリーはドアを閉《し》めて、便器《べんき》の後ろにしゃがんで床《ゆか》のリノリウムをめくり、ふし穴《あな》に指をつっこんで、床板を持ちあげた。下にパイプが通る小さな空洞《くうどう》があった。かんぺきなかくし場所だ。絹《きぬ》の色糸で刺繍《ししゅう》されたフェルト製《せい》の小さなウサギの人形が入っている。

「ね」

オッティリーは空洞を指さしながらささやいた。

「あたしが見つけたの。安全だと思う。ステラも使っていいよ。まだ、すきまがあるから」

「ありがとう」

ステラはささやくと、洗面袋《せんめんぶくろ》からオルゴールを出して、ウサギの横においた。

オッティリーは指先でウサギをなでた。

「小さいころ、母さんがつくってくれたの。これを見ると母さんを思い出す――」

着がえの鐘《かね》が鳴ったので二人はビクッとした。オッティリーは床板をもどして、リノリウムをかぶせる。三人は部屋にかけもどった。ステラはねまきをぬぎ、せいけつな下着、コルセット、長靴《ながぐつ》下《した》、ペチコートを身につけ、体をひねってボタンをとめ、リボンを結んだ。ドレスを頭からかぶり、大急ぎでボタンをはめた。つけえりとカフスは骨《ほね》でつくった小さなボタンをフックにはめるようになっている。とても手間がかかるし、寒さで手がかじかんでいてはめにくい。やっと服を着終わり、髪《かみ》の毛《け》をとかして三《み》つ編《あ》みにし、リボンで結んだ。それから室内用の靴《くつ》をはき、ひもを編みあげた。

朝食の鐘《かね》が鳴った。生徒たちは大急ぎで整列する。マクラッグ先生が階段《かいだん》の上に立っていて、ならんで食堂に向かう生徒たちを見ている。おこっているような顔だ。一人の生徒の頭をたたいた。

「もどって髪の毛をとかしていらっしゃい」

えりをギュッと引っぱってなおされたので、その生徒はころびそうになった。先生は杖《つえ》で、長靴下にしわのよっている生徒の足をたたいた。生徒は悲鳴をあげた。ステラ、アガパンサス、オッティリーは列の最後にいる。三人が通るとき、マクラッグ先生はにらんだが、

「急ぎなさい」

とだけいって、イライラしたように床《ゆか》を杖でたたいた。

階下の食堂で、厨房担当《ちゅうぼうたんとう》のメイドたちがパンやジャムをのせた大皿や、はしのかけたふぞろいな皿をテーブルの上においていた。ひそひそ話がはじまった。ふつう、ジャムは日曜日にだけ出されるし、行いのよかった生徒は家からジャムを一びん送ってもらうことができる。

「深皿がぜんぶ割《わ》れたから、今日はあのゾッとするポリッジはなしなのですね」

いすの後ろに整列しているときに、アガパンサスがささやいた。

「シラーンス、フィーユ（フランス語。みなさん、静かにしなさいの意）」

マンガン先生が手をたたいた。フランス人の先生、マドモアゼル・ロシュがピアノで和音をひき、

みんなが校歌をうたいはじめた。

ウェイクストーンの生徒、まっすぐで正しく、
つねにやるべきことをする。
力いっぱいあゆみ、
つねに道義《どうぎ》をわきまえ、つねに正しく。

「アセイェ・ヴー（おすわり／なさい）」マンガン先生がいった。

ステラはドキドキしながら先生を見た。いすを引く音にまぎらせて、ステラはささやいた。

「わたしたちだと気づいていないわ」

「そう願う」

オッティリーがささやいた。

「もちろん、気づいていませんわ」

と、アガパンサス。

ステラの皿は、金のふちで、ふっくらしたピンク色のバラの花模様《もよう》がついていたので、明るい気分になった。ステラはパンをひと切れとジャムを取った。ジャムはステラの好きなイチゴジャムだ

ったので、少し元気が出た。けっきょく、自分たちだとわからないかもしれない。

けれど、朝食を食べ終わるころ、副校長のフェルスパー先生が立ちあがった。

「みなさん」

ステラの心臓《しんぞう》がとびあがった。アガパンサスは歯の間から息をすいこんだ。オッティリーは口いっぱいに入れていたジャムをぬったパンをのどにつまらせた。

フェルスパー先生は背《せ》が高く、濃《こ》い灰色《はいいろ》の髪《かみ》で、ハゲワシのくちばしのように骨《ほね》ばったかぎ鼻だった。くちびるはうすくて一直線だ。

「ゆうべ、数人の生徒がベッドからぬけだし、あろうことか厨房《ちゅうぼう》に行って食料をぬすみました」

先生は言葉を切って冷たい目で生徒たちを見まわした。

「その生徒たちは十四もの規則《きそく》をやぶりました。十四です。それに大量の食器《しょっき》も割《わ》れました。すぐに、進み出なさい。ガーネット校長がパーラーでお待ちです」

みんな不安そうにささやきあい、顔を見合わせている。

ステラは横目でアガパンサスとオッティリーを見た。アガパンサスは顔をしかめ、オッティリーは真っ青な顔をしている。

「静かに！」

フェルスパー先生がきつい声でいった。

すぐさま食堂は静まり返った。ステラは皿についたバラの花模様《もよう》に目を落として、つばを飲みこんだ。だれも話さない。

とうとうフェルスパー先生がいった。

「わたしを信じなさい。もし、すぐに犯人《はんにん》が出てこなければ、さらにひどいことになります」

先生は少しだけ待った。

「犯人が出てくるまで、全校生徒の責任《せきにん》とします。夕食はパンと水のみで、食事中の会話を禁止《きんし》します」

朝食が終わってステラたち三人が、食堂から出るためにならんだ列の最後についたとき、オッティリーは肩《かた》ごしに後ろを見て息をすいこんだ。

「も、もし見つかったら、何が起こるの？」

「わからない。とてもおそろしいこと」

ステラはささやいて、身ぶるいした。

「見つかりませんわ」

アガパンサスが顔をしかめながらいった。

「ぜったいに」

4

美術館

ウェイクストーン・ホールは、ゆうふくな大家族の所有物だった、背《せ》の高い建物である。学校として使われることになったとき、大きな部屋は細かく分けられて教室や寮《りょう》の部屋になった。広い応接間《おうせつま》は三つの教室になった。そのうち一番小さいのが、一年生の教室だ。大きな大理石のマントルピースがある。暖炉《だんろ》に火が入ったことはなく、風の強い日には、煙突《えんとつ》がしゃがれた陰気《いんき》なうなり声をあげる。

教室は暗くて寒くて、カビとチョークの粉《こな》のにおいがした。かざられている絵は、暖炉の上の女王の版画《はんが》とドアのそばにある廃墟《はいきょ》の城《しろ》の油絵だけだ。教室の前には黒板、マントルピースの上には置き時計があり、壁《かべ》には規則《きそく》を書いた紙がはられ、小さな本棚《ほんだな》には、これまで発行された『若《わか》い女性《じょせい》のための読み物と道徳《どうとく》の教え』がならんでいる。（ステラは、何かおもしろい記事があるかと、ざっと見たことがある。レシピや家事のヒント、スタイル画、刺繍《ししゅう》の図柄《ずがら》、エチケットの助言、二十年ぐらい前の宮廷《きゅうてい》のゴシップ、妖精《ようせい》についての感傷的《かんしょうてき》な詩、それにたいして事件《じけん》も起こらない長くてたいくつなお話などがのっていた。)

毎日一時間目の授業《じゅぎょう》は朗読法《ろうどくほう》だった。一年生の生徒たちは机《つくえ》の横に立ち、教室に入ってくるマンガン先生に腰《こし》を落としておじぎする。先生は黒板に『規律《きりつ》と決意が弱い心を強くする』と書き、机の引き出しからメトロノームを出すと、銀色の鍵《かぎ》で巻《ま》いて動かし、生徒の方を向いていった。

「かかとをそろえて。つま先は外。胸《むね》をはって。顔をあげて」

メトロノームにあわせて、生徒は一人ずつ、先生が発音と姿勢《しせい》に満足するまで、黒板に書かれた文を読みあげる。ステラは、正確《せいかく》な発音をしようと三回やってみたが、背中を丸めているといってしかられた。アガパンサスは顔をしかめているし、発音が明瞭《めいりょう》でないとしかられた。かわいそうにオッティリーは最後で、何度も何度もいいなおしをさせられたために、いつもより言葉がつかえてしまい、とうとう支離滅裂《しりめつれつ》になってなみだをうかべた。

「明瞭な発音とエレガントな姿勢はレディのあかしです」

マンガン先生はまたメトロノームを巻きながら、きつい声でいった。

オッティリーはうなずき、鼻をすすった。

「わかりました、マ、マンガン、せ、先生」

次の授業《じゅぎょう》はエチケットだった。マンガン先生は『若《わか》い女性《じょせい》のための読み物と道徳《どうとく》の教え』に書いてあるエチケットの助言を読み、生徒たちはそれをノートに書いた。魚用フォークのまちがった使い方十七例。男爵《だんしゃく》夫人《ふじん》の次男に出す手紙の書き方。少しだけ階級が下の新しい知り合いに訪問《ほうもん》カードをおいてくるタイミング。マンガン先生は教室をまわって生徒のノートを見る。アガパンサスのノートにインクのしみを見つけて、そのページをやぶり、丸めて、ゴミ箱に入れた。

「書きなおしなさい」

「わかりました、マンガン先生」

アガパンサスは顔をしかめながらつぶやき、ペンをインクにひたした。

三時間目はフランス人の先生、マドモアゼル・ロシュのお裁縫《さいほう》の授業で、ボタン穴《あな》のかがり方を習った。マドモアゼル・ロシュは完ぺきにそろった小さな針目《はりめ》を要求した。

ステラはできるだけきれいに縫《ぬ》おうとしたが、手が冷たいし、糸がからまるので、布《ぬの》がしわくちゃできたなくなってしまった。

「アボミナーブル（ひどい）」

マドモアゼル・ロシュはそれを見てうんざりしたようにいうと、ステラにつき返した。

「アンパルドナーブル（ゆるしがたい）。やりなおしなさい」

「はい、マドモアゼル・ロシュ」

ステラはため息をついて、縫《ぬ》い目《め》をほどきはじめた。

やっと昼食の鐘《かね》が鳴った。ステラはほっとして立ちあがると、マドモアゼル・ロシュに腰《こし》を落としておじぎをし、ほかの一年生の後ろについて教室を出た。

昼食はウシの胃とキャベツを煮《に》たものだった。今度は、ステラは金のふちどりがあるかけた皿で、数人の男が馬に乗り、猟犬《りょうけん》の長い列を追いかけている楽しい模様《もよう》のついたものだった。食べるにつれて、べつの馬に乗った男や猟犬があらわれる。最後のブヨブヨのものを飲みくだすと、元気そうなキツネを追いかけている絵だということがわかった。デザートにはスエット・プディングがひと切れ出た。ブタの背中《せなか》の剛毛《ごうもう》のように、クローブが刺《さ》さっていて、ワスレナグサとデイジーの模様のついた小皿の上で、だまだらけのソースのプールでおぼれていた。

ステラが最後のひと口をすくいとったとき、マンガン先生がいった。

「今日の午後は天候《てんこう》がよくないので、美術館《びじゅつかん》に行きます」

クロークルーム（外出用の衣類をおいておく部屋）で少女たちは室内用の靴《くつ》をブーツにはきかえ、コートを着て手袋《てぶくろ》をはめ、帽子《ぼうし》をかぶった。コートのポケットにスケッチブックとえんぴつケースを入れ、玄関《げんかん》ホールで背の順に二列に整列した。背の高い生徒会長のプルネラ・グリドリンガムが列の先頭で、ステラ、アガパンサス、オッティリーは最後だ。オッティリーは一番背が低いので本当は最後に一人で歩かなければならないのだが、三人はいっしょに歩くことをゆるされた。マンガン先生が、そのほうがすっきりすると考えたのだ。

「背中をのばして、下を見て、手を重ねて、静かに」

先生たちが生徒の列の横を歩きながらいう。フェルスパー先生がかんぬきをはずして、大きな玄関のドアをあけると、生徒たちは階段《かいだん》をおりて霧雨《きりさめ》の中に出ていった。

学校から出ると、ステラは元気が出てきた。先生たちは生徒のすぐそばを歩いて、ささやいたり、おくれたり、あたりを見まわしたりするものがいないか見はっていたが、それでも外に出るのは気持ちよかったし、いつも見るものがあった。通りで枯葉《かれは》や紙が舞《ま》っている。冷たい強風の中でカラスが翼《つばさ》をばたつかせている。食料雑貨店《ざっかてん》の小僧《こぞう》がかごをふり、口笛をふきながらのんびりと歩いている。屋根裏《やねうら》の窓《まど》からメイドがちりとりに入れたごみを捨《す》てている。

アガパンサスがステラの腕《うで》をつついた。

ゆうべのネコが通りを走って横切っていた。

ネコは足を止めて三人を見ると、しっぽを立て、うれしそうにステラによってきた。日の明かりで見ると、きれいなネコだ。黒い縞《しま》の入った灰《はい》色《いろ》の毛で、明るい緑色の目をしているが、ひげが曲がり、耳がちぎれている。たくさんけんか

をしてきたようだ。ネコがうれしそうなので、ステラはクスクス笑った。ネコがマクラッグ先生の頭にとびあがり、ガーネット校長のソーセージを引きずりながら窓《まど》からとびだしたことを思い出した。ネコは、自分がどんなに問題を起こしたのかわかっていない。

「静かに！」

大きな傘《かさ》を持って、ステラたちのすぐ後ろを歩いていたマンガン先生がきつい声でいってステラの頭をたたいた。

「静かにしなさい。目は下に」

先生はネコを追いはらおうと手をふった。

「シッ！」

先生がいうと、ネコは耳を頭につけて先生をいかくし、サッと逃《に》げていった。

生徒たちは角《かど》を曲がって大通りに入り、ならんだエレガントな店の前を歩く。ステラはぬかるみで水をはね散らしながら通る大型《おおがた》や小型の馬車や乗合馬車を見るのが好きだった。

店のウィンドウで、商品にガス灯《とう》の光があたっている。小さなかがやくビーズのついたブロケードやレースやベルベットの生地《きじ》、鳥や造《つく》りもののブドウや花のついたすてきな帽子《ぼうし》、つやつやしたサテンのリボン。

コートにくるまった人たちが足早に通りすぎていく。乳母《うば》に手を引かれた上等な服を着た子どもたちがいる。ぎゃくに、マッチや花を売る子どもたち、用事をいいつけられて箱やかごを持って人ごみの中を走っていく子どもたちもいる。

通りのなかほどで、オッティリーがとつぜんおそろしそうに息を飲んでつまずきそうになった。

「どうしたの？」

ステラはささやいた。

「な、なんでもないの」

オッティリーはおびえたようにふり返った。

「静かに！」

マンガン先生がいった。

ステラはオッティリーをおびえさせたものはなんなのか、ふり返ってみた。がっしりした体つきの男が手すりによりかかって、歯をほじくりながら、黒い目を光らせて、生徒たちが通りすぎるのを見ていた。男はヨレヨレの革《かわ》のチョッキを着て、山高帽をかぶり、首に赤と黄色の水玉のハンカチを巻《ま》いている。手にはのりのつぼとブラシを持ち、腕《うで》にポスターのたばをかけている。ポスターの一番上には走っている馬の絵がかかれている。

ステラはまたオッティリーを見たが、オッティリーは下を向いているので、顔が見えない。

マンガン先生がステラの頭をたたいた。

「前を向いて」

大通りのはずれに美術館《びじゅつかん》広場があった。中央《ちゅうおう》に記念噴水《ふんすい》がある。広場の片側《かたがわ》にはウェイクストーン公立庭園の曲線模様《もよう》のついた鉄の門があり、反対側には美術館がある。美術館は大きな建物だった。たくさん円柱があり、入り口のそばには大きな石のライオンが二頭いて、屋根にはコショウ入れのような形をしたすすだらけの小さなドームがたくさんある。生徒たちは広い石の階段《かいだん》をのぼって中に入った。

ステラは美術館に行くのが好きだった。ガラスのキャビネットがあり、石や骨《ほね》、さびた剣《けん》や矢じりや割《わ》れた像《ぞう》が展示《てんじ》してあった。頭上からぶらさがっているのは、とがった歯のついた巨大《きょだい》な生き物の骸骨《がいこつ》だ。

フェルスパー先生は顔をしかめて雨がしたたっている傘《かさ》をとじた。

「写生をはじめなさい。おしゃべりをしないように」

ステラはぬれた手袋《てぶくろ》をはずして、冷たい手をこすりあわせた。ポケットからスケッチブックを出してひらき、何をかこうかとあたりを見まわした。絵をかきはじめる前にアガパンサスがステラの手首をつかんで、先生の目がとどかないキャビネットの後ろに引っぱっていった。

「何?」

ステラはささやいた。

「ついていらして」

アガパンサスはささやくと、おどおどしたようすでそばに立っているオッティリーについてくるように頭で合図した。

「何？　どうして？」

アガパンサスはステラの質問《しつもん》に答えず、二人をメインルームから連れだすと、階段をのぼり、割れた粘土《ねんど》のつぼがたくさんある小さな部屋を通りすぎる。べつの階段を半分ほどのぼったところにあったせまい入り口を入ると、ドーム型《がた》のガラスの天井《てんじょう》のある小さな円形の部屋だった。壁《かべ》ぎわにキャビネットがあり、海鳥のはく製《せい》や船の模型《もけい》やクジラの歯やフジツボでおおわれたいかりなどが、展示されていた。部屋の中央には巨大な、中身がぎゅうぎゅうにつまったセイウチのはく製がある。虫食いだらけのつぎはぎをした皮で、目はビーズのようなガラスだ。ソファを飲みこんだかのように、ものすごく太っている。壁の案内板にはこう書いてある。

「一七六八年、アーチボールド・ウインターボトム船長指《し》揮《き》による、英国艦船《かんせん》ペリラス号の航海《こうかい》のときに収集《しゅうしゅう》された。

乗組員は全員死亡《しぼう》」

アガパンサスはほかにだれもいないことを確認《かくにん》してからささやいた。

「この前、この部屋を見つけましたの。においがするので、だれも来ませんわ。それに、雨の音で、わたくしたちの声は聞こえないはずです」

アガパンサスのいうとおりだった。太ったセイウチからは不快《ふかい》なカビと樟脳《しょうのう》のにおいがするので、だれもここに来たくないだろうし、ドーム型《がた》のガラスの天井《てんじょう》からは雨の音がするので、小声の会話を消してくれる。

アガパンサスは太ったセイウチのガラスの目を見て、スケッチブックをひらき、えんぴつの先をなめていった。

「さあ、おしゃべりできますわ」

5

太ったセイウチ

「ゆうべの犯人《はんにん》がわたくしたちだと、ばれていないと思います」

アガパンサスは太ったセイウチに顔をしかめながら、スケッチブックに大きなかたまりのようなものをかきはじめた。

「もし、だれかに見られていたら、もう罰《ばつ》を受けていると思いますの。ガーネット校長のパーラーに送られて、おそろしいことが起こっていたはずです。ですから、わたくしたち、だまっていたほうがいいと思いますの。さもなければ、最悪なことになります。よろしくて？」

ステラは「わかったわ」といい、オッティリーはうなずいた。

「よかった」

アガパンサスは、スケッチブックのセイウチに小さなビーズのような目を二つかきくわえた。

ステラはため息をついて、セイウチのりんかくをかく。

「学校はひどいわね。慣《な》れると思う？」

「慣れたくなんかありません」

アガパンサスは不機嫌《ふきげん》にいった。

「ひどいところだと予想はしておりました。おばあさまに、わたくしは学校は気に入らないはずだともうしあげましたが、そのとおりでした。ゾッとするところです」

アガパンサスは顔をしかめて、セイウチの絵に棒《ぼう》のようなひげをかきくわえた。

「機会があったら、マンガン先生のコルセットにゴキブリを入れてやります。きっと悲鳴をあげますわ。タフィーをどうぞ」

アガパンサスは長靴下《ながくつした》の上の方をさぐり、お菓子《かし》をひとつかみ出すと、ステラとオッティリーにひとつずつくれた。

「下着にかくして持ちこみましたの。マンガン先生に見つからないようにしてくださいね。おばあさまが、わたくしをこの学校に入れようと決めましたの。おばあさまのせいですわ。あなたがたは、どうしてここにいらしたの？」

「ありがとう」

ステラはまずお礼をいって銀紙をあけ、タフィーを口に入れた。かたくて、丸くて、糖蜜《とうみつ》の味がした。

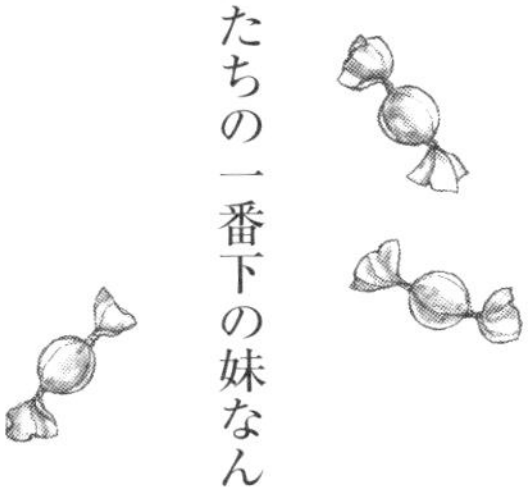

「おばさんがいるの」

ステラはタフィーをなめた。

「三人。昔、ウェイクストーン・ホールにいたの。ママも。ママはおばさんたちの一番下の妹なんだけど、ここにいたときに何か大変なことをしたのだと思う」

「何をなさったの？」

アガパンサスは好奇心《こうきしん》をあらわにした。

「わからない。おばさんたちは、ゆるせないことをしたといっていたわ。それがなんだったのか知りたいの。でも、おばさんたちは、ぜったいに答えてくれない。おばさんたちは、まだママのことをゆるせないの」

ステラはもう一度ため息をついて、セイウチにひげをかいた。

「どちらにしても、おばさんたちはなんでもゆるせないから、どうということないのかもしれない」

「うちのおばあさまみたいですわね。あなたのおばさまがたと、わたくしのおばあさまは、きっとなかよくなれますわ。おばあさまは反対するのが大好きなのです。きっと親友になって、いっしょになんにでも反対して、すばらしい時をすごしますわ。おばあさまは、わたくしがきらいなんです。

手に負《お》えないともうしますの」

アガパンサスは顔をしかめた。

「本当に手に負えないと」

アガパンサスはおこったようにくりかえした。

「わたくしが庭師《にわし》のポニーで大広間を走ったり大階段《かいだん》をのぼったりしたからですけれど。馬小屋係の少年ができないだろうといったので、やってみせました。お母さまは卒倒《そっとう》して二週間も寝《ね》こみましたの。それでおばあさまが屋敷《やしき》にいらして、わたくしに質問《しつもん》し続けましたの。朝食のときにこうおっしゃったのよ。『ババリアの主な輸出品《ゆしゅつひん》はなんですか、アガパンサス？　英国教会の大執事《だいしつじ》をなんとおよびしますか、アガパンサス？　スウェーデンの王さまの名前は、アガパンサス？』もちろん、答えはまったくわかりませんでしたわ。全然。一つも。おばあさまは、わたくしは無知で、家庭教師は役に立たないから、学校にやったほうがいいとおっしゃって、ウェイクストーン・ホールによこしましたの」

アガパンサスは顔をしかめてタフィーをなめると、えんぴつを絵につきさし、セイウチの背中《せなか》につぎはぎだらけの皮をかいた。

「あなたがた、兄弟姉妹はいらっしゃる？」

オッティリーは首をふった。

ステラは、

「わたし――」

といって口ごもった。ルナに秘密《ひみつ》を守ると約束したのだ。ステラはくちびるをかんだ。

運のいいことに、アガパンサスはステラがいいよどんだのに気がつかなかったし、返事を待たなかった。おこってささやきはじめた。

「わたくし、六人姉がおりますの。六人」

といって、指をおる。

「ローズ、ヴァイオレット、リリー、ヒアシンス、ジニア、ガーデニア。お母さまは、わたくしたちに花の名前をつけました。絵画的だとお思いになったのです。お母さまは芸術的《げいじゅつてき》ですの」

アガパンサスは目を見開いた。

「けれど、わたくしが生まれたとき、お母さまはもう、花の名前を考えるのにつかれておりました。そこで、花の本をひらいて、目をとじてピンでさしましたの。そのピンがアガパンサス（ムラサキクンシラン）にささったというわけですわ。ばかばかしいことです。ひどい名前だと思いませんこと？」

「もっとひどい名前になっていた可能性《かのうせい》もあるわ」

ステラはいとこたちの家庭教師に学んだ植物学の授業《じゅぎょう》のことを考えた。

「ピンが、カエルソウとか、ジゴクグサとかにささったかもしれない」

「あるいはクシャミソウとか」

オッティリーがささやいた。

「そうですね。ベンジョマメだって、ありえますわね」

アガパンサスは顔をしかめた。

ステラとオッティリーがクスクス笑うとアガパンサスは続けた。

「お姉さまたちとはとても年がはなれておりますの。ローズとヴァイオレットとリリーはもう結婚《けっこん》しております。ヒアシンスとジニアとガーデニアは社交界にデビューしております。つまり、ドレスの型紙《かたがみ》を見たり、髪《かみ》の毛《け》をカールしたり、そばかすを消すためにレモン汁《じる》をぬったりしておりますの。もちろんそばかすは消えません。よいお相手と出会って結婚するために舞踏会《ぶとうかい》にまいります。ばかばかしいですわ。わたくし、結婚などいたしません。あなたがたも、そうでしょ？」

ステラは結婚について考えたこともなかった。

「わからない」

自信なげにいう。

「たぶん――」

「静かに！」

三人はとびあがった。入り口にマンガン先生が立っていた。ステラはタフィーを飲みこみそうになった。舌《した》で口の横におしつけ、先生が気づかないことを祈《いの》った。

マンガン先生は太ったセイウチをまわりこんできた。

「ここで何をしているのです？　くだらないおしゃべりをして時間をむだにしていなかったでしょうね。かいたものを見せなさい」

先生はイライラしたように手を出し、三人のスケッチブックを受け取ってセイウチの絵を見た。

ステラのは、ひげのついた毛深いジャガイモに見える。アガパンサスは力をこめて毛をかいていたので、めちゃくちゃに針《はり》をさしたピンクッションのようだ。オッティリーの絵はとても小さいのでナメクジにしか見えない。

「なんて下手なのでしょう。もっと上手にかきなさい」

マンガン先生はいった。

「わかりました、マンガン先生」

三人は声をそろえていった。

タフィーを口に入れているので、少しくぐもった声だ。

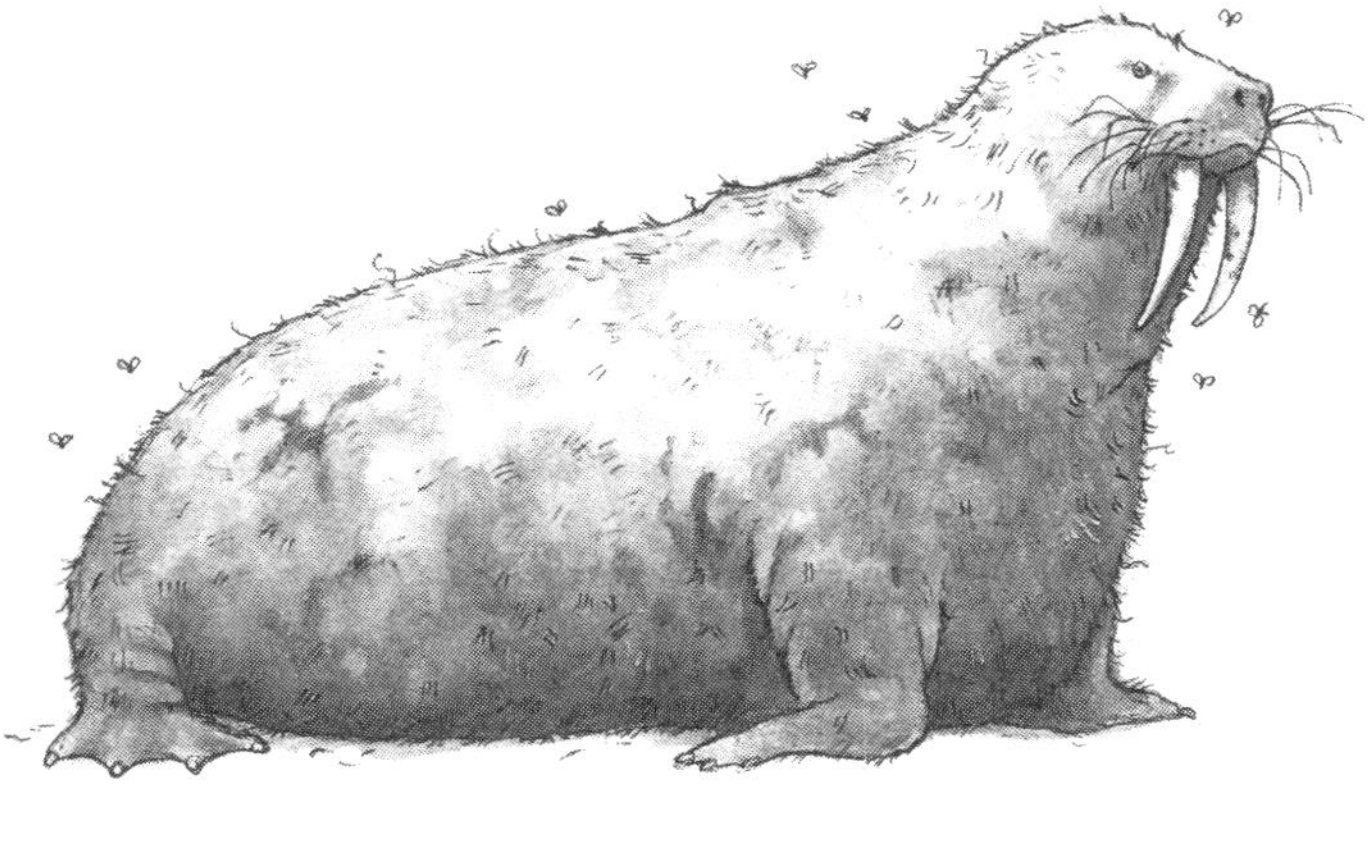

「レディにとってスケッチはエレガントで好ましい技術《ぎじゅつ》です。続けて」

先生は三人の前に立って、数分間監視《かんし》していた。それから鼻を鳴らし、

「静かにするのですよ」

といって部屋から出ていった。

アガパンサスはマンガン先生が出ていくのを待ってまたタフィーをなめ、話を続けた。

「家族はみんな、わたくしが男の子だといいと思っておりましたの。特にお父さまが。わたくしは、お父さまの最後の希望だったのに、ひどくがっかりさせてしまいました。お父さまはわたくしを見るのにたえられなくて、いつも外にいらっしゃいます。お母さまは一日じゅう寝椅子《ねいす》に横になっていらっしゃる。お母さまは気うつですし、芸術《げいじゅつ》のことを思いなやんで体調がすぐれませんの」

アガパンサスはうんざりしたような音を出した。

「とにかく、学校はひどい場所だと知っておりました。そうじゃありません？」

「そうね」

ステラは賛成《さんせい》した。

オッティリーは何か話すそぶりをしたが、やめた。それから息をすいこんで、また口をひらいた。

「あ、あたし、か、母さんと二人っきりなの。あたしたち幸せだった。前は。ウエィクストーンで小さな店をやってたの。鍵屋《かぎや》だよ。あたし、店で母さんを手伝ったし、母さんは勉強を教えてくれ

た。けれど、母さんはいなくなってしまった――」

オッティリーは口ごもり、小さな声でみじめそうにささやいた。

「とてもおそろしいことが起こったの。か、母さんは帰ってこなかった。あたし、一人ぼっちになっちゃったの。どこにも行くところがないので、学校に入れられたの。逃《に》げ出《だ》そうかと思う。ゆ、勇気があったら。行くところがあったら。でも、行き場所がないの」

声がふるえている。オッティリーは鼻をすすり、ほおをなみだが流れた。手の甲《こう》でなみだをふいた。

ステラはオッティリーの腕《うで》をなでた。

「かわいそうに」

「ひどい話ですわね」

アガパンサスは顔をしかめた。

ステラはいった。

「わたしのママは亡《な》くなったの。わたしが小さいときに。ママのこと、全然おぼえていない。でも、わたしたちが友だちになったら、ここでの生活が少しはよくなるかもしれないわ。おたがいにめんどうを見られると思わない？」

オッティリーはまた鼻をすすってうなずいた。

「もちろんですわ。誓《ちか》いのあくしゅをいたしましょう」

アガパンサスが手をさしだしたのでステラがその手をにぎった。少し間をおいて、オッティリーもにぎった。三人は手をにぎりあった。

「友だち」

ステラはいった。

「そのとおりです。誓いをいたしませんこと？　何かに誓うのです」

アガパンサスは部屋を見まわし、

「セイウチに誓いましょう」

と、感激《かんげき》したようにいった。

「この太ったセイウチに、わたくしたちが真の友だちになり、この最悪な学校で、いかなるときも助け合うことを誓います」

ステラはクスクス笑って、まねをした。

「この太ったセイウチに、わたしたちが真の友だちになり、この最悪な学校で、いかなるときも助け合うことを誓います」

オッティリーは何もいわなかったが、二人の手をしっかりとにぎり、小さくほほえんだ。

美術館《びじゅつかん》を出たとき、雨はどしゃぶりになっていたので、生徒たちは大通りを足早に歩いた。冷たい風に向かって頭をさげて、コートの中で身をちぢめる。ぬれた玉石の石畳《いしだたみ》でブーツがすべる。

冷たい教室にもどるとステラは身ぶるいした。午後一番の授業《じゅぎょう》は家庭科だった。ベルベット生《き》地《じ》からインクのしみを取る方法や、象牙《ぞうげ》からロウソクのしみを取る方法、アコヤガイからマカッサル油（調髪用のオイル）のしみを取る方法、マホガニーから血のしみを取る方法を習った。

ステラは机《つくえ》の横に立って、自分の番が来るのを待った。しみの取り方を習うのは役に立つだろう。おばさんたちのところにもどったとき、ステラが新しく習ったしみぬきの方法に、おばさんたちは感心するだろう。それに、魚用のナイフの使い方や訪問《ほうもん》カードのわたし方やボタン穴《あな》のかがり方はおばさんたちを喜ばせるだろう。

ステラはため息をついた。そんなことありそうにない。アガパンサスを見ると顔をしかめている。オッティリーはステラにすばやく不安そうな笑みを向けた。

友だちが二人できたから、学校は前よりたえられるはずだ。

教室はとても寒かった。つま先が氷のようだ。ステラは靴《くつ》の中でつま先を動かし、体の後ろで冷たい手をこすりあわせた。

そのとき、ドアがノックされた。校長の年取った、けわしい顔のメイドが教室に入ってきてマンガン先生に何かささやくと、先生は顔をあげた。

「オッティリー・スミス、ガーネット校長がパーラーでお待ちです」

生徒たちはびっくりしてオッティリーを見つめた。

オッティリーはおどろいてかん高い声をあげた。

「あ、あたし？　でも――」

「校長をお待たせしてはいけません」

オッティリーはおそろしさで体が動かないようだ。絶望的《ぜつぼうてき》な顔でステラとアガパンサスを見た。

「オッティリー」

マンガン先生がきつい声でいった。

オッティリーはつばを飲みこんで、腰《こし》を落としておじぎをすると、メイドについて教室から出ていった。

ステラはアガパンサスを見た。

「前を向きなさい」

マンガン先生がいった。

オッティリーは授業《じゅぎょう》中に帰ってこなかった。次のマドモアゼル・ロシュのフランス語会話の授業（お天気についての表現《ひょうげん》を習った）にも、自習の時間（長く、悲しい詩を暗記しなければならなかった）にも帰ってこなかった。

ステラは机《つくえ》に向かって、教科書を見ていたが、オッティリーのことを考えて、悲しい詩をおぼえるのに集中できなかった。何が起こったのだろう？　ソーセージの件《けん》をだれかが知ったのだろうか？

その詩は、いなくなった男性《だんせい》を思う女性について書かれていた。女性は毎日シダレヤナギの下で泣くのだ。女性のなみだとシダレヤナギの葉が川に落ち、海に流される。ステラは顔をしかめた。とても長くてつまらなくて、暗記するのは無理だ。それに、ただ川に向かってすわって泣いているだけなんて意味がない。そんなに男性を見つけたかったら、どうして泣くのをやめて探《さが》しにいかないのだろう？

ステラは詩の一行目をもう一度読んで、暗記しようとしたが、できなかった。

自習の時間はなかなか終わらなかった。やっと着がえの鐘《かね》が鳴った。生徒たちは教科書をとじて、机にしまい、立ちあがって腰を落としておじぎをし、夕食前の洗面《せんめん》と着がえをするために階段《かいだん》をのぼった。

「オッティリーはだいじょうぶだといいけれど」

寮《りょう》の部屋に行く階段《かいだん》をのぼりながら、ステラはアガパンサスにささやいた。

「だいじょうぶに決まっていますわ」

アガパンサスは顔をしかめながらいった。

けれど、部屋に行くと、オッティリーのベッドは空《から》だった。毛布《もうふ》とシーツがたたまれている。化粧台《けしょうだい》の引き出しがあき、寮担当《りょうたんとう》のメイドがトランクに持ち物をつめていた。

オッティリーは行ってしまったのだ。

6

呼びだされたオッティリー

「オッティリーはどこ？　何が起こったの？」

ステラはおどろいていった。

メイドがふりむいて、小声でいった。

「おじさんのおむかえが来たんです」

「おじさま？」

アガパンサスがきいた。

「むかえの人をよこしたんです。わたしが応対《おうたい》しました。玄関《げんかん》に来たのは二人の男で、もう一人が外で待っていました。あの小さな子はいっしょに行きたくなかったんです。ここで小さなカバンに持ち物をつめているときに泣いていました。知らない人たちだといっていました。いっしょに行きたくなかったんです。かわいそうに。それからガーネット校長のパーラーに行き、もどってきたときはとても聞きわけよくなっていて、ネズミのようにおとなしく男たちに連れていかれました」

「かわいそうなオッティリー」

ステラはいった。

メイドは陽気に肩《かた》をすくめ、トランクのふたをバタンと閉《し》めて、ポンとたたいた。

「これでよし。夕食後に取りにくるそうです」

メイドはたたんだシーツと毛布《もうふ》を持った。

「あたし、今夜はお休みをいただいて、彼氏《かれし》にスチームフェア（蒸気機関を動力とする乗り物が楽しめるもよおし）に連れていってもらうんですよ。スイングボートやメリーゴーラウンドに乗るんです。夜おそくなったら花火もあがるし」

メイドはクスクス笑って部屋から出ていった。

夕食のとき、ステラはアガパンサスと、空席になったオッティリーの席のとなりにすわり、何もいわずに食べた。パサパサのパンがのどにつまり、水を飲む。

夕食のあとは一時間つくろいものをした。ステラはつくろいものがきらいだった。マンガン先生が『若《わか》い女性《じょせい》のための読み物と道徳《どうとく》の教え』にのっているうんざりするお話の続きを読む間、長靴《ながくつ》下《した》のかかとにあいた小さな穴《あな》をつくろう。『妖精《ようせい》の国のフローレンス』という長くてつまらないお話だ。金髪《きんぱつ》で青い目でかわいいしぐさの少女が、小人たちに気に入られてさらわれる。小人たちに妖精の国に連れていかれた少女はパーティーに行き、花の蜜《みつ》を飲み、妖精や鬼《おに》やネズミや鳥などとダンスをし、ハンサムな妖精の王子さまの気を引こうとする。

ステラは長靴下に針《はり》をつきさした。フローレンスなんて、大きらいだ。話を聞けば聞くほど、きらいになる。しかめたままの顔をあげると、アガパンサスと目が合った。アガパンサスは目を見開いて、ふざけた作り笑いをしたので、ステラはふきださないようにくちびるをかんだ。

とうとう就寝《しゅうしん》の鐘《かね》が鳴り、生徒たちは立ってもう一度校歌をうたい、腰《こし》を落としておじぎをして、一列になって裏階段《うらかいだん》をのぼった。ガーネット校長のパーラーのドアの前を歩いているとき、玄関《げんかん》ホールから声が聞こえた。ステラはアガパンサスのそでを引っぱった。二人は足音をしのばせて手すりに行き、下をのぞいた。二人の男がオッティリーのトランクを運び出していた。外では、街路灯《がいろとう》の明かりを受けて箱馬車の車輪が赤と黄色にかがやいていた。男たちがトランクを箱馬車にのせると、メイドが玄関ドアを閉《し》めた。

ステラとアガパンサスは肩《かた》を落として部屋に向かった。ねまきに着がえているときにステラは思い出した。

「オッティリーはおじさんのことを話したことがないわね？　母さんと二人だけだった。母さんがいなくなって、一人ぼっちになったといっていたわ」

「おじさまがいると知らなかったのかもしれませんわよ」

アガパンサスはねまきを頭からかぶりながらささやいた。

「おじさまは、お母さまが行方不明になり、オッティリーがどこに行ったのか知って、むかえをよこしたのかもしれませんわ」

「そうかもしれない」

ステラはなっとくできない声でいった。

確《たし》かに、知らないしんせきがいることもある。ステラもワームウッド・マイアの屋敷《やしき》に送られるまで、いとこがいることを知らなかった。ワームウッド・マイアの生活はとても幸せだった。

オッティリーも幸せでいることを願った。今ごろおじさんの家であたたかい夕食をとっているか、もうベッドに入ってぐっすりと眠《ねむ》っているかもしれない。

「だいじょうぶだといいわね」

ステラはささやいた。

「おじさまのところに行ったほうが幸せだと思いません？　ここにいるよりも」

アガパンサスは決めつけるようにいった。


その晩《ばん》、ステラはまたおそろしい夢《ゆめ》を見た。あの青白い生き物がステラを追いかけて暗やみの中を急降下《きゅうこうか》する。ステラは息を切らしながら全速力で逃《に》げたが、生き物のほうが速かった。ステラの首を、その長い、ベトベトした冷たい指でつかんだ。ステラは空中に持ちあげられた。もがくが、生き物の力は強くて逃げられない。その指は氷のように冷たく、爪《つめ》が首にくいこみ、ひふが引きさかれる。

急に大きなフクロウが空から舞《ま》いおりてきた。生き物がほえ、ステラの体をはなしたので、ステラは地面に落ちた。生き物はフクロウに向かって飛びあがる。フクロウが急降下する。フクロウと生き物はぶつかり、さけび声をあげた。頭上でもみあうフクロウと生き物に、ステラは息を止めた。暗やみで動きがぶれて見える。フクロウの爪が空を切り、青白い生き物が爪をたてて、引っかく。おそろしい耳をつんざくような音と金切り声が聞こえた。

フクロウは地面に落ちて動かない。

「いや！」

ステラは声をつまらせた。

「ばあちゃん！　いや！」

「泣かないでおくれ、ティック」

フクロウが耳もとでささやいた。

「泣かないでおくれ」

ステラは目をさまして、息をつまらせながら、体をふるわせて泣いた。寮《りょう》の部屋は静かだった。窓《まど》からぼんやりした月明かりが入ってきている。

ステラは体を起こしてぎゅっとひざをかかえた。まだフクロウが静かに横たわっているのが見える。スピンドルウィード夫人《ふじん》は傷《きず》ついていた。ひどく傷ついていた。

「ルナ」

ステラはささやいた。

返事がない。

ステラはつばを飲みこんで、顔のなみだをふき、あの生き物につかまれていた首をこすった。ひふには本当に傷ができていたが、ステラがふれると、うすくなっていった。

「ルナ」

ステラはまたささやいた。声がふるえている。

オルゴールのことを思い出した。オルゴールを手にすると、いつもなぐさめられた。マクラッグ先生が近くを歩いていないかどうか耳をすませたが、物音は聞こえない。ステラはそっとベッドから出て、静かにドアまで行くと、廊下《ろうか》をのぞいた。何も動かない。

ステラは足音をしのばせてお手洗《てあら》いに行き、はしの個室《こしつ》に

入ってドアの鍵《かぎ》を閉《し》めた。リノリウムをはがし、床板《ゆかいた》を持ちあげ、穴《あな》の中をさぐる。オッティリーのウサギの人形はなくなっていたが、オルゴールはあった。ステラはオルゴールを取って、床の上に体を丸めてすわった。ふるえる手でなめらかな木をなでる。ふたの上にママの名前、ペイシェンスとほった銀色の文字が暗やみでかがやいている。花や葉の模様《もよう》の間に小さな銀色の星と月がかくれている。

オルゴールのねじを巻いて、ルナの歌を思い出させる鈴《すず》を鳴らすような曲を聞けたらよかったのに。小声でハミングをすると、ほおをなみだが流れた。

オルゴールのふたをあけた。中には木の人形と小さな写真とメッセージが書かれた紙とフクロウの羽が入っていた。ステラは写真を取り出した。暗くて見えないが、もうすっかり覚えている。ママ、赤ちゃんのときの自分とルナ。

フクロウの羽を持ってなでた。スピンドルウィード夫人の言葉を思い出した。

——ずっと守ってきた。これからも守る。

ステラはスピンドルウィード夫人との約束を守ってきた。

だれにも姉妹のことを話していない。

今、スピンドルウィード夫人《ふじん》はルナを助けようとして傷《きず》ついた。

「かわいそうに」

ステラは暗やみの中でルナにささやいた。

「スピンドルウィード夫人はだいじょうぶ？　ルナは安全なの？」

自分にできることはないかと考えたが、何もなかった。

小さな人形にさわり、メッセージが書かれた紙を手にした。

——四《よ》つ辻《つじ》。真夜中。待っている。

ステラとルナが小さかったとき、ママは二人を連れてメッセージをくれた人に会いにいった。けれど、その晩《ばん》、ママは亡《な》くなった。

ステラはメッセージの紙をなでた。パパが書いたの？　真夜中に四つ辻でパパが待っていたの？　パパのことは何も知らない。名前さえも。だれだったの？　どこにいたの？　自分とルナの体が消える不思議な力はパパから受けついだの？　知らないことがたくさんある。

ママは死んでしまったが、パパはまだ生きているかもしれない。

ステラは知りたかった。

しんちょうに全部オルゴールの中にもどすと、ふたを閉《し》めた。少しの間オルゴールを持っていたが、かくし場所にもどした。そのとき、何かにふれた。穴《あな》の中を探《さぐ》ると、折りたたんだ紙があった。紙をひらいたが、暗くて読めない。個室《こしつ》のドアをあけ、しのび足で窓《まど》のそばに行った。かすかな月明かりがさしこんでいる。紙を明かりにかざす。オッティリーがかいた太ったセイウチの絵だった。スケッチブックからやぶりとられたものだ。絵の上に言葉が書いてあった。ふるえる字だ。えんぴつを力いっぱいおしつけて書いたので、穴があいたところがある。

――助けて。

ステラは息を飲んだ。

何かが肩《かた》にふれたので、とびあがってふりむいた。青白いものが横に立っていたので、悲鳴をあげそうになった。

アガパンサスがステラの口をふさいでささやいた。

「シーッ。わたくしですわ。眠《ねむ》れなくて。あなたが出ていくのを見ましたの。何をしていらっしゃるの？」

ステラはアガパンサスに絵をわたした。

「オッティリーから」

アガパンサスは月明かりに紙をかざして読んだ。

「助けて――。オッティリーのセイウチの絵ですわ。どこで見つけましたの？」

ステラは便器《べんき》の後ろのかくし場所を見せ、

「オッティリーに何かが起こったんだわ」

と、ささやいた。

アガパンサスは紙をひっくりかえした。後ろには何も書いてない。

「どうして、もっと書かなかったのでしょう？」

「急いでいたにちがいないわ。おそろしかったんじゃないかしら。この学校にいるのがこわいだけかと思っていたけれど、もしかしたら――」

ステラは急にアガパンサスの腕《うで》をつかんだ。二人とも同時にコツン、ドンという足音を聞いた。

「急いで！」

ステラはささやいてアガパンサスをドアの方におした。

「逃《に》げて。わたし、もよおしたというわ――」

個室《こしつ》を指さした。

アガパンサスはまよったが、顔をしかめてかけだした。

ステラは個室にかけもどって、ドアの鍵《かぎ》を閉《し》めた。お手洗《てあら》いに足音が入ってきた。ロウソクの明かりが見える。

「そこにいるのはだれです？」

マクラッグ先生がドアをたたいた。

「わたしです、マクラッグ先生」

ステラはできるだけ落ちついた声でいった。アガパンサスは無事に部屋にもどっただろうか？

床《ゆか》にしゃがんで、紙の音を立てないように気をつけながらオッティリーの絵を穴《あな》にもどした。

「ステラです」

できるだけ静かに床板をもどした。

「ステラ・モンゴメリーです」

「いっしょにいるのはだれですか？」

先生が聞いた。

「だれもいません。わたしだけです」

ステラはリノリウムをもどして、暗い中、手探《てさぐ》りで何もわすれていないかどうか確《たし》かめた。それから立ちあがってトイレの鎖《くさり》を引く。深呼吸《しんこきゅう》して鍵をはずし、ドアをあけた。ロウソクの明かりにまばたきした。

マクラッグ先生はうたがっているような顔つきだ。

「声が聞こえました。だれと話していたのですか？」

「ええと——」

ステラは口ごもった。それから、おなかに手をやった。

「また行きたくなっちゃった」

「ぐあいが悪いの？」

先生は大きな手をステラのひたいにあてた。

「熱はないわ」

顔をしかめながらいった。

「いらっしゃい。薬をあげます。肝油《かんゆ》と硫黄《いおう》を」

ステラはため息をついた。

「わかりました、マクラッグ先生」


のどがヒリヒリし、不快《ふかい》な油っぽい魚と硫黄の味がする。暗い中でベッドに横たわって天井《てんじょう》を見あげていると、思いついたことがあった。

「起きている？」

ステラはささやいた。

「もちろんですわ」

アガパンサスが答えた。

「きのう、町で、大通りを歩いていたとき、あの男の前を通ったの。ポスターをはっていた男。オッティリーはおびえていたわ。覚えている?」

「いいえ」

「おびえていた」

ステラは寝返《ねがえ》りを打って、暗い中でアガパンサスを見つめた。

「まちがいなく。あの男はオッティリーを見ていて、オッティリーはおびえていた。あのポスターを見てみなくちゃ」

7

助けて

その次の日の午前中の授業《じゅぎょう》は、なかなか終わらなかった。いつもよりたいくつに感じられる。ステラはオッティリーのいない机《つくえ》を見て、メッセージのことを考えた。助けて。オッティリーがおそろしくてふるえながら、あのメッセージを書いたことを想像《そうぞう》する。何が起こったのだろう?

ステラは集中していない、なまけているとしかられ、アガパンサスはふくれっつらをした、顔をしかめた、といってしかられた。昼食はゆでたレバーとカブ、マトンの脂《あぶら》のプディングだった。新しい、模様《もよう》のない皿や深皿からおしゃべりせずに食べた。どんよりとしたくもり空だったが、雨はふっていなかった。そこで、昼食のあと、生徒たちはウェイクストーン公立庭園にスケッチに行くことになった。

「あのポスターを探《さが》さなくちゃ」

ステラはクロークルームでブーツ、コート、手袋《てぶくろ》、帽子《ぼうし》を身につけながら、アガパンサスにいった。

「マンガン先生の気をそらすいいものがあります」

アガパンサスは後ろを見たあと、コートのポケットから死んだスズメバチを出してステラに見せ、

「これを見つけましたの」

と、にっこりした。

ステラはうたがわしげにスズメバチを見た。

「どうやって先生の気をそらすつもり？」

「まあ、見ていらして」

アガパンサスはそれをポケットにもどした。

「心配なさらないで。わたくしが先生の気をそらしている間に、あなたはポスターをごらんになって」

通りを歩いているとき、ステラはまたあの縞《しま》ネコを見つけた。高い塀《へい》の上を走っていた。ネコは塀のはずれまで行き、しっぽを足のまわりに丸めて、下を歩く生徒たちを見ていた。ステラに向かって大きくニャーンと鳴き、緑色の目をしばたいた。ステラがにっこりしてネコに小さく手をふると、すぐ後ろを歩いていたマンガン先生に傘《かさ》でたたかれた。

「目は下に！」

生徒たちは大通りを歩く。すべての街路灯《がいろとう》と数軒《けん》の店の前にある広告用掲示版《こうこくようけいじばん》にポスターがはってある。いろいろなポスターが重ねてはってあった。お茶や石けん、入れ歯やコルセット、口ひげ

用ワックスや強壮剤《きょうそうざい》。たずね人のポスターも何枚《まい》かある。

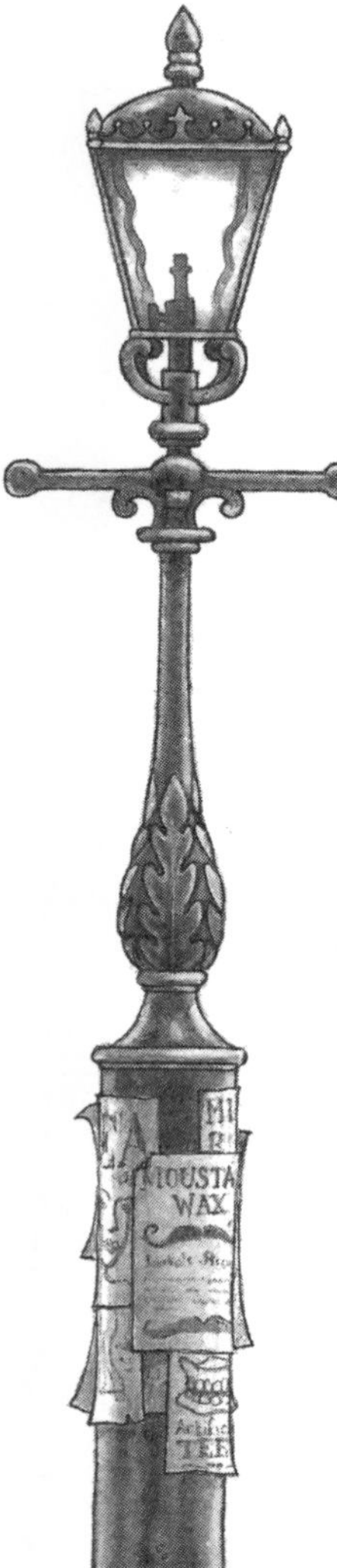

若《わか》い女性《じょせい》
行方不明――あるいは、拉致《らち》された可能性《かのうせい》。
クルックバック・コートのあたりで、最後に目撃《もくげき》された。

ステラはマンガン先生に気づかれないよう、頭をあまり動かさずに、ポスターを見た。

ディグビー・スティッククルバック卿《きょう》の居場所《いばしょ》に関して情報《じょうほう》をもたらしたものには
報奨金《ほうしょうきん》を進呈《しんてい》する。

ウインドウにベルベットのリボンやクジャクの羽やキラキラしたビーズをかざったエレガントな帽子屋《ぼうしや》があった。店の外の街路灯《がいろとう》に、一番上に走っている馬の絵がかかれたポスターを見つけた。ステラはアガパンサスのコートのそでを引っぱって、頭をその街路灯に向けた。アガパンサスはすばやくマンガン先生のほうを見ると、とつぜん悲鳴をあげて立ち止まった。

ステラはおどろいた。

マンガン先生も息を飲んだ。

アガパンサスはさらに大きな悲鳴をあげ、腕《うで》をバタバタさせながら、ピョンピョンははねはじめた。

「すぐやめなさい！」

マンガン先生がいった。

アガパンサスが金切り声でさけんだ。

「やめなさい！」

マンガン先生がどなった。

「何をやっているのです？　すぐやめなさい！」

帽子屋から年配の女性が二人出てきて、アガパンサスにぶつかりそうになった。女性たちのメイドが、かかえていた帽子の箱を落とし、帽子が舗道《ほどう》をころがる。女性たちはおどろいてかん高い声でしゃべりだす。お年寄《としよ》りの男性《だんせい》が帽子《ぼうし》をふみそうになり、めいわくそうにブツブツいった。マンガン先生はあわてて男性をよけた。二人の女性にあやまり、アガパンサスをつかもうとした。そのすきに、ステラはこっそりと街路灯《がいろとう》に近づく。

馬の絵の下には大きな文字で書いてあった。スチームフェア。ステラは後ろを見た。人が集まってきている。アガパンサスは悲鳴をあげて身もだえしている。数人がカニのようなかっこうで、ふみつけられそうな帽子をひろおうとしている。フェルスパー先生たちがほかの生徒を整列させようとしている。

ポスターを読んでいるひまはなかった。ステラはできるだけ急いで街路灯からポスターを引きはがした。雨にぬれていたが、なんとかやぶらずに引きはがすことができた。小さく折りたたんで、コートのポケットに入れると、大急ぎでアガパンサスのそばにもどった。アガパンサスは最後の悲鳴をあげると、小さなものを舗道《ほどう》に落とした。

「ごめんなさい!」

アガパンサスは息を切らしながらいった。

「本当にごめんなさい、マンガン先生。スズメバチですわ」

「スズメバチ!」

マンガン先生もかん高い声でいい、傘《かさ》の先でスズメバチの死骸《しがい》をつついた。

「ペチコートに入っていて。さされそうで――」

「静かに！」

マンガン先生は傘でアガパンサスの頭をたたいた。

「ごめんなさい、マンガン先生」

「なんという、はじさらし！　なんたる、大さわぎ！　大通りの真ん中で」

「はい、マンガン先生。ごめんなさい、マンガン先生」

アガパンサスは後悔《こうかい》しているような顔でいった。

「レディは感情《かんじょう》を表に出すものではありません。いかなる場合でも」

「はい、マンガン先生」

アガパンサスはしおらしくいった。

マンガン先生はアガパンサスの腕《うで》をつかんで、ゆさぶった。

「いらっしゃい！」

ほかの生徒たちの方に引っぱっていく。ステラはその後ろからついていった。

回転式木戸を通ってウェイクストーン公立庭園に入ると、アガパンサスはステラをものといたげに見た。ステラがうなずき、

「手に入れたわ」

とささやくと、アガパンサスはにっこりした。

「取りかかりなさい。静かにですよ」

フェルスパー先生が手をたたきながらいった。

ステラとアガパンサスはならんでしずしずと広い芝生《しばふ》を横切り、レンガをしいた曲がりくねった小道を通って、草地の境界《きょうかい》まで行った。装飾的《そうしょくてき》な鉄のてすりがあり、葉の落ちた低木が生えている場所だ。

ステラはふりむいて、先生たちがだれも見ていないことを確《たし》かめると「行きましょう」とささやいた。二人はかがんで、とげのある枝《えだ》や雨にぬれた葉をよけながら低木の間を通りぬけた。ならんでいる温室の横に出ると、しのび足で手おし車や植木鉢《うえきばち》の前を通り、大きなごみの山の横に出た。ほかの場所から隔絶《かくぜつ》されていて、あたりにはだれもいない。

ステラはポケットからポスターを出した。

「うまく先生たちの気をそらしてくれたわ」

「でしょう。マンガン先生が発作を起こすかと思いましたわ」

カンカンにおこったかん高い声でアガパンサスは先生のまねをする。

「やめなさい！　すぐやめなさい！」

ステラはクスクス笑った。ポスターを開いて、二人で読む。

さあ、スチームフェアへ！
スイングボート、回転いす、グルグルすべり台
蒸気《じょうき》で動くメリーゴーラウンド、輪投げ、射撃《しゃげき》、的当《まとあ》て
花火もあり
毎晩《まいばん》真夜中まで
ウェイクストーン遊園地にて
あなたも未知なる体験を！

二人はもう一度ポスターを読んだ。アガパンサスは顔をしかめた。

「お祭りですわね。オッティリーがこわがるものではありませんわ」

「そうね」

ステラはささやいて、くちびるをかんだ。

「わからないわ。でも、まちがいなく、オッティリーはこわいものを見たと思うけれど」

「マンガン先生がお祭りに行く許可《きょか》をくださるわけがありませんん。ぜったいに」

アガパンサスがいったので、ステラはうなずいた。オッティリーのメッセージを思い出す。助けて——。あれを書くときにオッティリーがふるえていたことを想像《そうぞう》して、ステラはつばを飲みこんだ。

「これしか手がかりはないわ。やってみなければならない。そう思わない？」

アガパンサスはうたがわしげにポスターに向かって顔をしかめた。

「ウェイクストーン遊園地。どこですの？」

「わからない。だれかに聞かなくちゃ。大急ぎで行けば、だれも気がつかないうちに、もどってこられるかもしれない」

「見つかったら、大変なことになりますわ」

ステラはまたうなずいた。

「ネコとソーセージの件《けん》が見つかるより悪いことになるわ」

「つかまるわけにいきませんわね」

アガパンサスは心を決めたようにいった。

「そうですわ。あなたのいうとおりです。やってみなければ。今、行かなければ」

ステラはもう一度ポスターを読み、たたんでポケットに入れた。

「じゃあ、行きましょう」

体の中ではおそろしくてたまらなかったのに、声がふるえていないのでおどろいた。

二人は温室の陰《かげ》からのぞいた。だれもいない。月桂樹《げっけいじゅ》のしげみのまわりのせまい道を歩く。道はバラ園に続いていて、あぶなくマンガン先生に出くわすところだった。先生は三年生の生徒たちの絵を指さしながらしかっていた。ステラとアガパンサスは身をこわばらせ、足音を立てずにすばやくもと来た道をもどった。

「あちらの方向はだめですわね」

アガパンサスは顔をしかめた。

二人はべつの道を行く。カモのいる池ぞいの道だ。日本庭園まで行くと、フェルスパー先生がたたんだ赤い傘《かさ》の先で、いらいらと植物をつついていた。二人は少しの間竹のしげみにかくれ、背《せ》の高い茎《くき》の陰から先生を見ていた。

先生が後ろを向いたとき、中国風の太鼓橋《たいこばし》をかけぬけ、小さな五重の塔《とう》の後ろを通り、ツツジのしげみにとびこんだ。そんなに遠くないところでフランス人の先生のマドモアゼル・ロシュが四年生のスケッチブックをきびしい目つきで見ている。

ステラはアガパンサスにうなずいてささやいた。

「行きましょう！」

二人はシダ栽培地《さいばいち》をかけぬけて、馬に乗っている大きな男性《だんせい》の像《ぞう》までいった。

像《ぞう》の後ろにしゃがんで、馬の足の間からのぞく。

芝生《しばふ》の向こうに回転式木戸と門が見える。先生のうちのだれかがふりむいたら見つかってしまうので、大急ぎで行かなければならない。ステラが息をすいこんで顔を向けると、アガパンサスはうなずいた。

「今よ」

ステラがささやくと、二人は像の後ろから出て、芝生をかけぬけ、木戸をぬけ、美術館《びじゅつかん》前の広場に出た。

後ろでだれかがさけんだので、ステラは足を止めた。

「まいりましょう」

アガパンサスはステラの手をつかみ、広場を横切り、記念噴水《ふんすい》の後ろに行った。

ステラは後ろを見て息をすいこんだ。心臓《しんぞう》がドキドキしている。

「帽子《ぼうし》のリボンをはずさなくちゃ」

どこの生徒かひと目でわかる、不快《ふかい》な紫 色《むらさきいろ》のリボンをはずして、コートのポケットに入れた。アガパンサスも同じようにする。帽子のリボンがなければウェイクストーン・ホールの生徒には見えない。そこらにいる子と変わらない。

「どっちかしら?」

ステラは噴水の後ろからのぞいた。

二人が角《かど》でリンゴを売っている女の人に聞くと、女の人は曲がった指を向けた。

「遊園地だね？　ウェイクストーンの丘《おか》の上だよ。美術館の後ろのランタン通りの行き止まりで右に曲がり、丘をのぼりな。音が聞こえてくるから、すぐわかるよ」

二人は教えてもらった美術館の後ろの通りを走る。玉石を敷《し》いた通りには古本やコインや化石を売る小さな店がならんでいる。

〈往来《おうらい》ではゆっくりと歩きなさい。〉

足の下にかたい石畳《いしだたみ》を感じた。冷たい風が顔にあたる。ステラはにっこりした。アガパンサスは鼻で笑った。

通りのはずれで右に曲がり、丘をのぼりはじめた。道が曲がりくねっている。小さな八百屋、魚屋、ブーツ屋、ロープ屋などがある。

ステラは足を止めて息をととのえ、美術館広場や、その後ろに広がる町を見おろした。スレート屋根や灰色《はいいろ》の煙突《えんとつ》や教会の塔《とう》がある。

二人は人ごみをぬって進む。酒場や、コマをまわして遊んでいるみすぼらしい服を着た子どもたちのそばを通りすぎた。ジャンジャンという小さな音楽が風にのって聞こえてきた。

「あそこですわ」

アガパンサスが指さした。

丘《おか》のてっぺんで、弱い日の光を受けてメリーゴーラウンドがまわっている。近づくにつれて蒸気機関《じょうききかん》の雷《かみなり》のような大きな音が聞こえた。何台かのオルガンがそれぞれちがう曲をかなでていた。シンバルとドラムの音がする。口笛が聞こえた。人々がさけび、笑いながらやじをとばしている。犬がほえている。

二人はアーチ型《がた》の入り口から遊園地に入った。

8

オッティリーを探して

二人は人ごみの中に行く。地面がすべらないように、おがくずがまいてあるが、足がしずみこむ。煙《けむり》と砂糖《さとう》がこげたにおいがする。

「アップ・アンド・ダウン！　蒸気で動く！　一回一ペニー！」

男が大声で呼《よ》びこみをしている。

「アップルラフ（リンゴのお菓子）！　熱々《あつあつ》だよ。ひとつ半ペニー」

女がさけんだ。

「オレンジ！　あまいオレンジ！」

「ヘーゼルナッツ！」

「ハードベイク（糖蜜、バター、アーモンドで作ったお菓子）！」

ジャンジャンという音楽とともにまわる、メリーゴーラウンドの色がぶれて見える。馬、ウサギ、ドラゴン、グリフォン（ワシとライオンが合わさった姿の伝説上の生物）がとびはね、鏡のかけらやカラフルな色石がかがやく。乗っている人たちが歓声《かんせい》をあげている。

「メリーゴーラウンドにどうぞ！」

男がさけび、二人が見ているのに気づいて片目《かため》をつぶった。

「一回一ペニーだよ、おじょうさんたち」

「一ペニー持っていたらよかったのですが」

アガパンサスがいった。

メリーゴーラウンドの後ろにはグルグルすべり台があった。灯台《とうだい》のように高く、赤、青、金色にぬられたつるつるした木のすべり台で、ヘビのようにとぐろを巻《ま》いている。入り口のあたりで少年たちが立って見あげている。すべり台のてっぺんに若《わか》い男が姿《すがた》をあらわしたので、ステラは息を飲んだ。男は麻袋《あさぶくろ》をつかむと、それに乗ってすべりおりはじめた。すべりながら悲鳴をあげる。ドサッと音を立てて地面にぶつかり、ゴロゴロところがった。友だちが男を立たせ、笑って背中《せなか》をたたく。

「どこから始めればいい？」

ステラが聞いた。

「できるだけ早く、すべての場所を探《さが》さなければなりませんわ」

アガパンサスがきっぱりといった。

「まいりましょう」

二人は、乗り物や余興《よきょう》の屋台を通りすぎて行く。スイングボートが頭上でゆれた。広告《こうこく》がある。髭《ひげ》の生えた女性《じょせい》（おどろくべき見世物）、巨人《きょじん》（実物が毎日ショーに登場！）、機械じかけのダンサー（精巧《せいこう》なつくり）。

テントの中から歓声《かんせい》が聞こえた。屋台がある。リンゴアメ、風ぐるま、スズのラッパ、馬やハートや王冠《おうかん》の形をした金箔《きんぱく》をはったジンジャーブレッド。子どもたちが口笛をふいたり、さけんだりしながらかけていった。

「的当《まとあ》て！」

男がさけんだ。色つきの木のボールをひとつかみ持っている。後ろの屋台には丸い目をして髪《かみ》の毛《け》がふさふさした、笑顔のピエロの人形がある。

「おじょうちゃんたち、的当てをしな。人形をたおしたら賞品がもらえる。一回一ペニーだ」

二人は早足で進む。輪投げ、ヤシの実落とし、魚釣《つ》りゲーム（賞品はガラスびんに入った金魚だ）。どこにもオッティリーの姿《すがた》はない。

射撃場《しゃげきじょう》では、男たちがレールの上を動く金属《きんぞく》のカモに向かってライフルを撃《う》っていた。カン！　カン！　カン！　火薬のこげたにおいがする。

くぐもったさけび声が聞こえて、ステラは足を止めた。魚釣りゲームと射撃場の間のせまい通路で、がっしりした男が二人、ぼろぼろの服を着たはだしの少年の前に立ちふさがっていた。男たちは革《かわ》のチョッキを着て山高帽《やまたかぼう》をかぶり、色つきのハンカチを首にまいていた。一人の男が骨付《ほねつ》き肉を食べていて、肉汁《にくじゅう》があごにたれている。

少年はキラキラした小さな花がたくさんのった木のお盆《ぼん》を、守るようにかかえている。男の一人におされて、後ろによろめいた。

「行け」

男がつきとばした少年が、ドサッと音をたてて泥《どろ》の中にころぶと、お盆にのっていた花がこぼれた。

「とっとと行け」

二人目の男が少年をけとばした。

一人目の男がいった。

「またここに来たら、もっとひどい目にあわせるぞ」

男は泥の上にこぼれた花をブーツのかかとでふみつけ、泥の中にねじこんだ。もう一人がつばをはいて、男たちは歩きさった。

少年はうめきながら体を起こした。青白い顔をしてやせていて、みすぼらしい帽子からワラ色の髪の毛が出ている。ひざから血が出ている。少年はそろそろと

ひざにふれ、泥《どろ》だらけのそでで目をふいた。ステラは少年にかけより、しゃがみこんだ。ハンカチを出してそっと血をふき、ひざにハンカチを巻《ま》いてあげた。

アガパンサスが長靴下《ながくつした》からタフィーを出して少年にわたした。

「さしあげますわ」

少年の肩《かた》を軽くたたきながらいった。

「ありがとう」

少年は銀紙をあけて、タフィーを口に入れた。

「だいじょうぶ？　歩ける？」

ステラが聞いた。

ステラとアガパンサスは少年を立たせてあげた。

「と思う」

少年は足を引きずりながら歩いてみて、うなずき、ゆっくりとかがんで、落ちた花をひろいはじめた。ステラとアガパンサスも手伝う。針金《はりがね》とガラスのビーズでつくった小さくて繊細《せんさい》な花だった。ステラはデイジーとバターカップとワスレナグサをひろった。泥の中でふみつけられて、こわれていた。

「あの男たちはだれですの？」

アガパンサスは少年にタンポポとヤグルマギクをわたしながら聞いた。

「あいつら？　ガブロ兄弟だよ」

少年はタフィーをなめて肩をすくめた。

「三人兄弟で、ここの用心棒《ようじんぼう》にやとわれてるんだ。ここに部屋はねえ、っていうんだ」

少年は顔をあげて二人がきょとんとしているのを見ると説明した。

「ここで商売をしちゃいけないってこと。さっき、あいつらが後ろから来てるのに気がつかなかった。よく見ててすばやく逃《に》げなきゃいけなかったんだ」

ステラはブルーベルをひろって少年にわたした。

「とてもかわいいわね」

少年はうなずくと、期待をこめていった。

「ひとつ二ペンスだよ。四つで六ペンス」

「ごめんなさい。わたしたちお金を持っていないの。このお花はあなたがつくったの？」

ステラは少年にスミレをわたした。

「姉ちゃんが」

少年はしんちょうに、泥にまみれたスミレの曲がりぐあいをなおし、つばをつけて、よれよれのシャツでみがいた。小さなガラスのビーズがかがやいた。そっとお盆《ぼん》の上のほかの花の横におく。

あたりを見まわした。

「これで全部だ」

少年は立ちあがった。

「おれ、ジョー」

「わたしステラ」

「アガパンサスともうします」

「すげえ名前だな」

ジョーはニコッと笑った。

「あんたたちに借りができた。それに、ハンカチをかえさねえと」

ジョーはかがんで、ひざに巻《ま》いていたステラのハンカチをほどこうとした。

「巻いておいて。本当にだいじょうぶ？」

ステラは心配そうに聞いた。

ジョーはもう一度ニコッと笑ってうなずくと、「だいじょうぶ」といって、足を引きずりながら人ごみに消えていった。

ステラとアガパンサスはジョーの後《うし》ろ姿《すがた》を見送った。

「まいりましょう。すぐにもどらなければ、大変なことになりますわ。急がなければ」

遊園地のはずれは泥《どろ》だらけの地面が広がっていた。箱馬車や荷車や積みあげた材木やテントの間で、ロープにつながれた馬たちが草を食べていた。

ステラは赤と黄色にぬられた車輪のついたみすぼらしい箱馬車を見て、アガパンサスの腕《うで》をつかんだ。

「オッティリーのトランクを取りにきた箱馬車じゃない？」

「わかりませんわ。そうですの？」

アガパンサスは顔をしかめた。

「そうだと思うわ。こんなふうに赤と黄色の車輪だったの」

ステラはだれも見ていないかどうかあたりを見まわすと、箱馬車のとびらをあけようとしたが、重い鉄の錠前《じょうまえ》がついていた。

中からかすかにひっかくような音が聞こえる。

「何か聞こえない？」

ステラが聞くと、アガパンサスは首をふった。

ほこりまみれの小さな窓《まど》がある。ステラはジャンプして中をのぞこうとしたが、窓にとどかなかった。

すると、アガパンサスがかがんだ。

「わたくしの背中《せなか》にお乗りになって」

ステラがおぶさると、アガパンサスはよろけながら立ちあがった。ステラは窓枠《まどわく》をつかむ。

「動かないで」

ステラは箱馬車の中をのぞこうとした。

アガパンサスがよろめいて足をすべらせた。

「あっ！」

バランスをくずし、二人とも泥《どろ》の中にたおれてしまった。

アガパンサスがステラを助け起こしていった。

「ごめんなさい」

自分の帽子《ぼうし》をひろってかぶる。

「何か見えました？」

「ううん。中は暗くて見えなかったわ」

ステラはひじをこすって、長靴下《ながくつした》にあいた大きな穴《あな》を見た。

「マンガン先生が不機嫌《ふきげん》になるわね」

ステラは後悔《こうかい》したようにほほえみ、スカートについたぬれた泥を取ろうとした。

「爆発《ばくはつ》しますわ！」

アガパンサスは鼻で笑った。自分の帽子の紫 色《むらさきいろ》のリボンが泥に落ちているのを見つけてひろい、コートのポケットに入れる。

「もう一度やってみましょう――」

「おまえら、ここで何をしてるんだ?」

二人はおどろいてふりむいた。箱馬車の陰《かげ》から三人の男が姿《すがた》をあらわした。二人はジョーをつきとばした男だ。ガブロ兄弟。三人ともそっくりだ。広い肩《かた》にがっしりした体。

「な、何も」

ステラがいった。

「ここらは小娘《こむすめ》たちには危険《きけん》だ」

一人目の兄弟が顔をしかめた。

「特に、こそこそかぎまわる小娘たちには」

二人目の兄弟はうなずいて、指の関節を鳴らした。

三人目の兄弟は骨付《ほねつ》き肉を食べ終わり、骨を捨《す》てると、手の甲《こう》で顔についた肉汁《にくじゅう》をふいた。

ステラとアガパンサスはあとずさった。

「わ、わたしたち、何もしていないわ」

ステラがいった。

「あっちへ行け」

一人目が親指を遊園地の方に向けた。

「行っちまえ」

ステラはアガパンサスの腕《うで》をつかんだ。

「行くところだったの」

二人は向きを変えて足早になった。ステラがふりかえってみると、三人の兄弟は赤と黄色の箱馬車の横に立って二人の方を見ている。一人が何かいうと、ほかの兄弟が笑った。

「ガブロ兄弟ですわね」

アガパンサスがいったので、ステラはうなずいた。

「あのうちの一人がきのうポスターをはっていたの。まちがいないわ。それが、オッティリーをおびえさせたのだと思うの。兄弟を見ておそろしくなったのよ」

ステラは肩《かた》ごしに見ると息を止めた。

兄弟の一人があとをついてきている。

「行きましょう」

二人は足を速めた。余興《よきょう》の屋台を通りすぎ、スイングボートをうかいし、人ごみの中を歩く。口笛がするどく鳴ったのでステラはドキッとした。二人は泥《どろ》に足を取られながら大急ぎで進む。

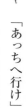

だれかが後ろ向きに歩いてきてステラにぶつかったので、ステラはころびそうになった。

二人のあとをつけてきた兄弟の一人が何かどなると、輪投げのところにいた男がどなりかえして笑った。

スチームオルガンの音楽が聞こえる。蒸気機関《じょうききかん》が雷《かみなり》のようなすさまじい音をあげている。一つのテントの中でだれかが笑いながらさけんでいる。

ステラは後ろを見た。兄弟が近づいてくる。

「こちらです。急いで」

アガパンサスはステラの手をつかんで、ヤシの実落としの横のせまい通路に引っぱっていき、ヤシの実の袋《ふくろ》の後ろにしゃがんだ。兄弟が通りすぎるのを待つ。兄弟は顔をしかめ、人ごみに目をこらしながら足早に歩いていった。

二人はしんちょうに、テントや屋台の間をぬけ、せまいすきまを通りぬけ、ロープをよけながら歩く。メリーゴーラウンドからあまりはなれていないジンジャーブレッドの屋台の横に出た。

「兄弟をまいたと思いますわ」

アガパンサスがいった。

けれど、ステラは返事をする前に、だれかに足が地面をはなれるほど腕を引っぱられ、体が向きを変えた。全身の血が引いた。
暗い影《かげ》がそそり立っている。ステラは悲鳴をあげた。
マンガン先生だった。

9

連れもどされて

先生は二人を見おろした。黒いマントが風にたなびいている。どなりだしそうな顔だ。

先生は声をひそめていった。

「なんということです。おどろくべきことです。なげかわしい」

ステラは息を飲んだ。

「マ、マンガン先生。わたしたち、オッティリーを探《さが》し——」

「おだまりなさい！」

先生はステラをゆすった。歯がガチガチ音を立て、耳鳴りがする。

「でも——オッティリーは——」

ステラは説明しようとした。

先生はまたゆすった。ステラはめまいがして考えられなくなった。

「ひと言も話してはいけません。ひと言も。自分たちのおこないをはずかしいと思いなさい。なんたるはじ知らず。いっしょにいらっしゃい」

先生は二人の腕《うで》をがっしりとつかんで遊園地の出入り口に引っぱっていく。あまりに早足なので、二人は小走りにならなければならなかった。

ステラが顔を向けると、アガパンサスは目を見開いて顔をしかめた。マンガン先生はそれに気づかず、足をゆるめなかった。遊園地から出て、丘《おか》をおり、大通りにならぶ大きな店の前を通る。雨がふりはじめたが、先生は足を止めて腕にかけている傘《かさ》を広げようとしなかった。雨の中を歩く先生からおこった息づかいが聞こえる。

学校に着いたとき、ステラはびしょぬれで、息を切らしていた。先生は二人の腕をつかんだまま階段《かいだん》をのぼり、クロークルームに行き、また二人をゆすって、手をはなした。ステラはあざのできた腕をこすり、もう一度説明しようとした。

「ごめんなさい、マンガン先生。わたしたち、オッティリーを探《さが》していたんです。オッティリーは——」

「だまりなさい！　言いわけは聞きません。遊園地に行くなんて！　そんなことを考えるなんて！　あなたの長靴下《ながくつした》を見なさい！　おどろきです。それに、帽子《ぼうし》のリボンはどこです？」

ステラはぬれたコートのポケットからリボンを出してふるえる手で帽子に結んだ。帽子をフックにかける。アガパンサスはからまったリボンをほどくのがおそいので、マンガン先生にたたかれた。

「ばかな子たちです。ばかで、強情《ごうじょう》で、考えのない子たち。何が起こってもおかしくないのですよ」

先生はおこって深呼吸《しんこきゅう》し、またいった。

「身じたくをととのえたら、ガーネット校長がパーラーでお会いになります。校長の手にかかれば、もうこんなことは起こりません。覚えておきなさい」

ステラは身ぶるいした。ガーネット校長のパーラーでどんなことが起こるのか知らなかったし、知りたくもない。ステラはぬれた手袋《てぶくろ》とコートをぬぎ、すわってブーツのひもをほどいた。まだ指がふるえている。

マンガン先生は二人を寮《りょう》の部屋に連れていき、二人が髪《かみ》をとかして三《み》つ編《あ》みにするのを見おろしている。先生が、冷たい水の入った水差しにひたしたゴワゴワのフランネルの布《ぬの》で二人の顔をこすったので、二人は息が苦しくてあえいだ。

身じたくがととのうと、マンガン先生は上から下までジロジロと見てうなずいた。

「ついていらっしゃい」

二人を連れて階段をおりてガーネット校長のパーラーまで行き、指さした。

「そこに立ちなさい」

二人はならんで壁《かべ》ぎわに立った。ステラは靴を見おろした。アガパンサスをチラリとも見る危険《きけん》はおかさなかった。つばを飲みこみ、泣かない決意をする。

マンガン先生がパーラーのドアをノックするとガーネット校長のけわしい顔をしたメイドが顔を

出した。

「お入りください」

マンガン先生がパーラーに入ると、メイドがドアを閉《し》めた。

ステラはふるえながら息をし、すばやくアガパンサスにささやいた。

「ごめんなさい。遊園地でオッティリーを見つけられると思ったの。本当にそう思ったの。それなのに、わたしたち、大変なことになってしまったわ。わたしのせい。すべて、むだになってしまった」

「けれど、オッティリーはあそこにいましたわ。ごらんになって」

アガパンサスはささやくと、パーラーのドアを見ながら、ドレスのそでからすばやく何かを取り出してステラにわたした。泥《どろ》だらけの帽子《ぼうし》のリボンだった。細かい針目《はりめ》で名前がぬいつけてある。

オッティリー・スミス。

「オッティリーのリボン！」

「そうですわ。わたくしたちがころんだ箱馬車のそばに落ちていたので、自分のだと思って、ひろってポケットに入れておきましたの。けれど、学校にもどったとき、二つありました。わたくしのと、これと。オッティリーが落としたにちがいありません」

「じゃあ、オッティリーはあそこにいたのね」

ステラは息をすいこんだ。

「ずっとあの箱馬車の中にいたのかもしれないわ」

「そうですわね。わたくしたち、あそこにもどらなくては」

ステラは、そのリボンを手に巻《ま》きつけながら、うなずいた。アガパンサスのいうとおりだ。可能《かのう》なら、もどって、オッティリーを助けなければならない。

そのとき、パーラーのドアがあいてマンガン先生が出てきたので、ステラはあわててリボンを後ろにかくした。マンガン先生は二人に顔をしかめて、いった。

「ガーネット校長がお会いになります」

先生はアガパンサスを指さした。

「あなたが先です」

アガパンサスがパーラーのドアをノックするとメイドがドアをあけ、アガパンサスは中に入っていった。

「そこで待っていなさい」

と、マンガン先生はステラにいうと、教室の方に階段《かいだん》をのぼっていった。

ステラはオッティリーのリボンをいじりながら、冷たい廊下《ろうか》に一人で立っていた。

とても静かだった。上から教室の物音が聞こえる。外を馬車が通りすぎる音がした。窓《まど》に雨があたり、廊下《ろうか》を冷たい風がふきぬける。ステラは夢《ゆめ》に出てきたおそろしい青白い生き物のことを思い出していた。長い、氷のように冷たい指。ステラは体をふるわせた。

ガーネット校長のパーラーからするどいさけび声が聞こえたのでとびあがった。つりあげられた魚のように心臓《しんぞう》がドキンとした。息を止めて耳をすます。だが、聞こえるのは雨の音だけだ。また馬車が通りすぎ、数分がすぎた。

やっとドアがあいて、アガパンサスが出てきた。真っ青な顔をして無表情《むひょうじょう》だ。そばかすが、インクのしみのように目立つ。

「あなたの番ですわ」

とだけいって、ステラと目を合わせない。アガパンサスは階段《かいだん》の方に歩きさった。ふりむきもしなかった。

ステラはアガパンサスが階段をのぼるのを見ながらためらっていた。やがて、オッティリーの帽子《ぼうし》のリボンをポケットに入れると、深呼吸《しんこきゅう》してパーラーのドアをノックした。

ガーネット校長のパーラーは広くて、うす暗かった。窓《まど》には厚《あつ》いベルベットのカーテンがかかっている。室内はあたたかくて、ラベンダーとかびのにおいがした。聞こえるのは、大時計の時をきざむ音と、暖炉《だんろ》で火がはねている音だけだ。

目が暗さになれてくると、部屋の中が見えてきた。たくさんの小さなテーブルやキャビネットがあり、どれも装飾品《そうしょくひん》でいっぱいだ。いたるところに棚《たな》があり、つめこまれたこまごまとした装飾品が暖炉の火を受けてかがやいている。ステラは装飾品を見まわした。近くの小さなテーブルの上にある陶器《とうき》の犬は花がえがかれ、南洋からの贈《おく》り物《もの》と書かれている。緑色のガラス製《せい》のネコ、象牙《ぞうげ》の扇子《せんす》、ビーズでつくられた小さな船、貝殻《かいがら》でおおわれたかご、ハリネズミの形をした絹《きぬ》の針刺《はりさ》しにはアコヤガイがついたピンがさしてある。

いたるところに小さな人形やおみやげや針刺しや文鎮《ぶんちん》がある。

「近くに来なさい」

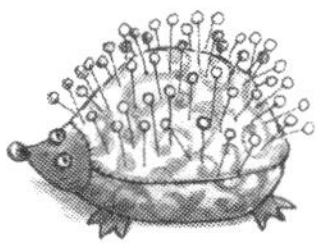

声がした。

ガーネット校長は装飾品《そうしょくひん》にうもれるように、暖炉《だんろ》のそばのひじかけいすにすわっていた。

太った、年取った女性《じょせい》で、真っ白な髪《かみ》に色のないでっぱった目をしている。はだはマトンの脂《あぶら》のように白い。レースの帽子《ぼうし》をかぶり、小さなかがやくビーズをつけた模様《もよう》を織《お》りだした絹《きぬ》のドレスを着て、大きなアルバムのページをめくっていた。そばのテーブルの上には象牙《ぞうげ》のゾウ、陶器《とうき》の指ぬき、花びんに入れたクジャクの羽、それに小さなケーキやサンドイッチをたくさんのせたケーキスタンドがあった。

ステラは不安でつばを飲みこみ、がんばって体がふるえないようにした。装飾品でいっぱいのもう一つのテーブルにふれないように注意しながら三歩進むと、腰《こし》を落としておじぎをした。

「もっと近くに」

ステラはちゅうちょしたが、さらに二歩進んだ。

ガーネット校長が装飾品を指さし、

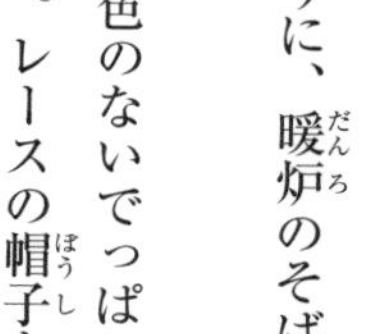

「生徒たちからの記念品です。みんな校長のことをわすれないのです」

といって、ほほえんだ。

「全員ここにいます」

校長はアルバムに手をのせた。

「生徒全員。見なさい」

アルバムには少女たちの顔のシルエットがのっていた。切りぬいた黒い紙を、バラの花やうず巻《ま》き模様や、カールした葉でかざられた繊細《せんさい》なフレームにのりではったものだ。シルエットは小さいが、まるで生きているようだ。ガーネット校長は生徒たちのシルエットに指をはわせ、ページをめくった。さらにシルエットがある。

「生徒たちがこの学校に入学した年の最初の学期に、フィジオノグラフでこれを撮《と》ります――」

校長は紅茶《こうちゃ》に砂糖《さとう》を小さじ一杯《ぱい》入れ、かきまぜると、ひと口飲んだ。

「――生徒の性格《せいかく》がわかって、欠点がわかったらすぐ」

校長は青白い指の先で一人のシルエットをたたいた。

「これはテオドラ・ダーシーです。怠惰《たいだ》」

校長は首をかしげてその小さなシルエットを見やる。うす暗い、ゆれる暖炉の火にてらされて、シルエットはまるで生きているようだ。ステラはまばたきした。テオドラが少し頭をかたむけたような気がした。

「今はコルモンデリー侯爵《こうしゃく》夫人《ふじん》です。先月、アレクサンドリアからこれを送ってくれました」

校長はそばの棚《たな》に手をのばして、
かがやく真鍮《しんちゅう》のラクダに指をのせた。

「地元民を統制《とうせい》するのにいそがしいのです」

校長はラクダに向かって少しほほえみ、
また紅茶《こうちゃ》をひと口飲み、ページをめくった。

シルエットに指をのせる。

「ドロシア・ハミルトン。不誠実《ふせいじつ》」

次のシルエットに行く。

「ヴェロニカ・セント・オーブリー。虚栄《きょえい》。いつも鏡を見てうっとりとしていました。それから、これはフレデリカ・フィッツジェラルド。不機嫌《ふきげん》。不機嫌な生徒にはがまんできません。サイシャ・ヴェンガリル。気うつ。ひまがあれば、すみで泣いていました。トンク知事と結婚《けっこん》しました」
ガーネット校長は生徒たちのシルエットに指をはわせながら数ページめくった。
「マーガレット・キャヴァンディッシュ。不注意。フィラデルフィア・コートニー。不節制《ふせっせい》。節度《せつど》がない。浪費《ろうひ》。この子のシルエットは、三回撮《と》らなければなりませんでした。けれど行動が改善《かいぜん》されないので退学《たいがく》にせざるをえませんでした」

校長はため息をついて、ケーキスタンドから小さなピンク色のケーキを取って三口で食べた。ガーネット校長はつぶやきながらページをめくっていく。とうとう最後のページになった。そのページには二人のシルエットしかのっていない。ガーネット校長はオッティリーとアガパンサスの顔に指をのせた。下に銀色の小さな文字で何か書いてあるが、ステラが立っている場所からは読めない。ステラはしぶしぶもう一歩校長に近づいた。とても上手な字だった。オッティリー・スミス。意固地《いこじ》。アガパンサス・フォーキントン・フィッチ。反抗《はんこう》。

オッティリーとアガパンサスのシルエットはアルバムの最後にあり、そのあとのフレームは空白で、次のシルエットを待っている。校長は次のフレームを指でたたいていった。

「あなたのおばさんたちが、あなたは強情《ごうじょう》になりがちであるといっていました。母親のように」

ガーネット校長は嫌悪《けんお》するかのようにくちびるを結んだ。

ステラはとてもママのことが聞きたかった。どんなひどいことをしたの？　ステラは不安でふるえながら息をすいこんだ。

「ガーネット校長先生、お願いです。何が――？」

校長はあたかもステラが何もいわなかったかのように話を続ける。

「マンガン先生が、あなたは、とても不従順《ふじゅうじゅん》だといっていました。自分をはじていると信じていますよ」

「は、はい、ガーネット校長先生」

校長はうなずいた。

「もう一度規則《きそく》をやぶったら、おばさんたちを呼《よ》ばなければなりません。それはいやでしょう?」

ステラはつばを飲みこんだ。

「はい、いやです、校長先生」

「あなたは、性格《せいかく》の欠点を正すためにこの学校に送られました。ウェイクストーン・ホールにはたくさんの規則《きそく》があります。それにしたがうことを学ばなければなりません」

「はい、校長先生」

「あなたの欠点が正されたとき、ここウェイクストーン・ホールでの生活が快適《かいてき》なものになるのです」

ステラはオッティリーとアガパンサスのシルエットを見つめた。ゆれる明かりのもとで、二人がこの小さな黒いシルエットにとじこめられているような気になる。オッティリーの髪《かみ》の毛《け》が動いたような気がした。アガパンサスがあたかも話そうとするかのように、あごをあげて、口をひらいたような気がする。

「そこにおすわりなさい」

ガーネット校長は小部屋を指さした。陰《かげ》に立っていたけわしい顔のメイドが出てきてカーテンを引くと、奇妙《きみょう》な形の、背《せ》もたれがまっすぐで高い木のいすがあり、横の机《つくえ》には顕微鏡《けんびきょう》のような形をしたピカピカの器具があった。

ステラはいやいやながら、小さなテーブルを二つと装飾品《そうしょくひん》をたくさんのせた台をよけていすのところに行き、おそるおそるはしにこしかけた。

ガーネット校長が指をあげると、メイドがステラをいすの背もたれにぴたりとおしつけた。ねじを巻《ま》く音がし、何かが上にすべりあがっていくのを感じる。冷たい金属《きんぞく》が頭をかこみ、カチリと音がした。ステラは手をのばして、頭の後ろをおさえているものにさわった。メイドがステラの首に革《かわ》ひもをかけ、きつくしめて、バックルをはめた。

「動かないで」

ガーネット校長がいった。

ステラはうなずこうとしたが、できなかった。首を動かせない。

「わ、わかりました、校長先生」

体がふるえ、口がカラカラだった。いすのひじかけをにぎりしめる。

「ピクリとも動いてはいけません」

ガーネット校長はアルバムを横におき、衣《きぬ》ずれの音をさせながら立ちあがると、ステラの前に来た。かすかにほほえむ。

「動かないで。痛《いた》いことなどありません。これが終わったら、何も覚えていません」

10

校長のアルバム

　ガーネット校長がもう一度合図すると、メイドはいすの横についたいくつかの真鍮《しんちゅう》の部品を引っぱった。部品は前に出てきてカチリと音を立てて固定《こてい》された。メイドはステラの頭の片《かた》側《がわ》に小さなランタンをおいた。反対側に透明《とうめい》な絹《きぬ》のスクリーンがある。ステラは目しか動かせないので、何が起こっているのかはっきりわからなかった。メイドがマッチをすってランタンに火をともし、シャッターをあけたのが見えた。明るい光がステラの顔の片側にあたった。ステラの影《かげ》がスクリーンにうつしだされる。ステラがまばたきすると、スクリーンにうつった影もまばたきする。

　ステラは深呼吸《しんこきゅう》して体のふるえを止めようとした。

　メイドはスクリーンとランタンの位置を調節すると、さがって、ステラから見えなくなった。ガーネット校長が机《つくえ》の前にすわり、銀色のめがねをかけると、ステラにいった。

「これはフィジオノグラフです。すばらしい発明です。何年も前にわたしのためにつくらせました」

ステラはその装置《そうち》を目のはしで見た。顕微鏡《けんびきょう》のようにレンズや鏡、時計の中身のようにたくさんの小さな歯車がついている。つやつやした濃《こ》い色の木や真鍮《しんちゅう》や象牙《ぞうげ》でできた装置だ。

ガーネット校長は鏡を少しずつ動かしながら、スクリーンにうつった影《かげ》をレンズに反射《はんしゃ》させる。小さな鏡にステラの影がさかさにうつり、二番目の鏡に上をむいてうつった。

ガーネット校長は紙を手にした。学校の規則《きそく》を書いた紙だ。同じ物がすべての教室や寮《りょう》の部屋の壁《かべ》にはってある。校長はその紙を注意深く装置の下部にある金具に入れると、まわして位置《いち》を調節した。

「フィジオノグラフはもちろんシルエットを撮《と》るものです」

校長は接眼《せつがん》レンズをのぞきこみ、ゆっくりと真鍮のノブをまわした。

「あなたの正確《せいかく》なシルエットを撮ります。でも、それだけではありません。そのうちわかります。ぜったいに動かないで」

校長は小さなホイールを調節した。

ステラのシルエットが規則の上にあらわれた。ほんの五センチぐらいだが、とてもはっきりと見える。ステラはつばを飲みこんだ。ステラの小さなシルエットもつばを飲みこむ。

「よろしい」

校長がレバーを動かすと、針《はり》のようにするどい銀色のナイフがおりてきた。ナイフの先が紙にふれた。

部屋はあたたかいのに、ステラは背中《せなか》がゾクゾクした。

校長はゆっくりと真鍮のハンドルをまわした。ナイフがシルエットのはしを切りはじめる。

ステラは心臓《しんぞう》のそばをするどく冷たい針《はり》でさされるような気がした。痛《いた》みに声をあげる。

「静かに」

校長がいった。

ステラはくちびるをかんで、指が痛くなるほど木のひじかけをにぎって声を出さないようにした。

ナイフはステラのシルエットのまわりを切っていく。首の後ろ、細い髪《かみ》を編《あ》んだ三つ編みを一本ずつ、頭のてっぺんに行き、顔に下がる。額《ひたい》、鼻、口、あご。

「よろしい」

とうとう校長がいった。

ステラはふるえて息をととのえた。

校長は切り取った小さなシルエットを持ちあげた。ステラはそれを見つめる。自分にそっくりだ。ステラが身をふるわせると、校長の青白い指にはさまれた繊細《せんさい》なシルエットもふるえた。

校長は細い筆をインクにひたし、規則《きそく》を書いた紙の上のステラのシルエットをぬりつぶした。かわかすために横においてから、ステラに顔を向けた。

「わたしのアルバムに入ったら、規則にしたがうのがかんたんになることはまちがいありません」

メイドが暖炉《だんろ》のそばからアルバムを持ってきて、机《つくえ》の上でひろげた。校長はシルエットの後ろにのりをつけ、ひっくりかえして、しんちょうにオッティリーとアガパンサスの横のあいているフレームにのせ、指先でていねいにはりつけた。銀色のえんぴつを持った。

「ステラ・モンゴメリー」

いいながら書く。

「不従順《ふじゅうじゅん》。これでよろしい」

校長は小さな黒いシルエットをなでると、アルバムをとじた。

メイドがステラの首にまわしたストラップをはずした。頭の後ろをおさえていた金属《きんぞく》がはなれ、いすに収納《しゅうのう》された。

「立ってよろしい」

校長がいった。

ステラはめまいがし、体をふるわせながら、よろよろと立ちあがった。鐘《かね》が鳴った。校長は時計を見ていった。

「何教科か授業《じゅぎょう》に出られませんでしたね。フランス語会話。家庭科。みなからおくれないように、がんばらなければなりません。自習の時間です。行ってよろしい」

ステラは腰《こし》を落としておじぎをし、パーラーから出た。そっとドアを閉《し》め、階段《かいだん》をのぼって一年生の教室に行く。ドアをノックし、教室に入り、マンガン先生に腰を落としておじぎをし、自分の席に行ってすわった。

〈授業中、生徒は勉強に集中し、授業以外に気を散らしてはならない。〉

ステラはだれも見ずにノートを開いた。

深い眠《ねむ》りからめざめたばかりのように、頭がぼうっとしている。しかし、今は自習の時間だ。集中しなければならない。長い、悲しい詩を暗記しなければならないのだ。ステラは詩の最初の一連を暗記すると、次の連にとりかかった。悲しんでいる女性《じょせい》はヤナギの木の下にすわって、川に向かって泣いている。

二連目の終わりごろ、ステラがちょっと目をあげると、マンガン先生が満足したような小さな笑みをうかべてステラを見ていた。ステラはまた詩に目を落として三連目を暗記しはじめた。女性はまだ泣いているし、ヤナギの木からは葉が落ち続けている。葉は川に落ち、流されていく。

アガパンサスも静かに勉強している。教科書から顔をあげない。教室は静かだ。聞こえるのは時計が時をきざむ音と、窓《まど》に雨があたる音だけだ。

夕食はパンと水だけだった。

テーブルに正しくつき、礼儀《れいぎ》正しく落ちついて食事しなさい。ステラはひじをはらず、できるだけ背中《せなか》をのばしてすわって食事した。きちんとすわるのが重要だ。

アガパンサスは無表情《むひょうじょう》で、パサパサしたパンを礼儀正しくかんで飲みこんだ。水のカップを持ち、飲む。

夕食後、ステラとアガパンサスはとなりあってすわり、マンガン先生が読む『若《わか》い女性《じょせい》のための読み物と道徳《どうとく》の教え』にのっている『妖精《ようせい》の国のフローレンス』のお話の続きを聞きながら長靴下《ながくつした》をつくろう。

ステラはつくろいものに集中し、目をあげなかった。

自分の服は全部つくろい、きれいにしあげる努力をしなさい。

きれいに縫《ぬ》うのは重要だ。ステラはきれいにつくろうようにがんばった。

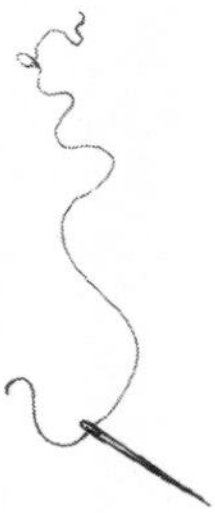

どうして長靴下にこんな大きな穴《あな》があいたのかわからない。原因《げんいん》が思い出せない。思い出そうとするとめまいがした。

マンガン先生がさっきと同じように満足そうに小さな笑みをうかべているのに気づいた。妖精の国でのフローレンスの冒険《ぼうけん》に耳をすませながら、しんちょうに、できるだけ細かい針目《はりめ》でつくろう。

とつぜん、だれかが自分の注意を引こうとしているような奇妙《きみょう》な感覚におそわれた。うんと遠くから聞こえるような、とても小さい声だった。まばたきしながらあたりを見まわしたが、みんな、下を向いて、だまってつくろいものをしている。

「下を見なさい」

マンガン先生が顔をしかめながらステラにいった。

ステラは下を見てつくろいものを続けた。

きれいにつくろうのは重要だ。できるかぎり、きれいな針目でつくろった。

就寝《しゅうしん》の鐘《かね》が鳴ると、ステラは立ちあがってみんなといっしょに校歌をうたった。

ウェイクストーンの生徒、ひるまず倒《たお》れず、
歩みつづけ、勝利する。
義務《ぎむ》は最も困難《こんなん》な戦い、
つねに道義《どうぎ》をわきまえ、つねに正しく。

寮《りょう》の部屋で服をぬいできれいにたたんで引き出しにしまっているとき、また奇妙《きみょう》な感覚がした。まるでだれかが自分の名前をよんでいるようだ。

ステラ。

その声は心の中に、ゆらめくロウソクの炎《ほのお》のようにあらわれた気がする。

ステラはあたりを見まわしたが、みんなだまって着がえている。アガパンサスはドレスのボタンをはずしていた。ステラも同じことをした。しんちょうにドレスをふって、洋服ダンスにかけに行った。

声が聞こえたのは気のせいだ。寮の部屋でだれかに話しかけるのは規則違反《きそくいはん》で、規則にしたがうのはとても大事だからだ。

もう一度声が聞こえても、無視《むし》しよう。

ステラはヘアブラシを持った。
毎日朝晩《あさばん》、二百回、髪《かみ》の毛《け》をとかしなさい。
ステラは頭の中で聞こえた声を無視して、髪の毛をていねいに二百回とかした。

11

声にみちびかれて

その晩《ばん》、ステラはべつの夢《ゆめ》を見た。耳もとで声がささやく。かすかな声だがはっきり聞こえる。

――起きて。

夢の中で、ステラはベッドの上に起きあがった。寒かった。どこか遠くで時計が打っている。数えると、十時だった。ステラはしばらく耳をすませた。屋根にあたる雨音と、遠くから音楽が聞こえるだけだ。鈴《すず》を鳴らすような悲し気な曲。

――起きて。

声が聞こえた。無意識《むいしき》のうちに、ステラはベッドから出、足音をしのばせて部屋のはしにあるドアに行き、廊下《ろうか》をのぞく。暗かった。

――消えて。

また声が聞こえた。まばたきするくらいかんたんに、自分の体が消えて影《かげ》にとけこむのを感じる。

――進んで。

ネズミのように静かに、風のように透明《とうめい》になって、廊下を進む。階段《かいだん》の上で立ち止まったが、声にうながされ、しのび足でおりる。遠くから聞こえる鈴を鳴らすような曲に合わせて小声でうたう。下の階で、いくつかのドアから明かりがもれているし、部屋からくぐもった話し声が聞こえる。ステラはそっとその前を通り、次の階段をおりた。べつの廊下に出て、ドアまで歩く。閉《し》まっている。どうしようか。

——聞いて。

ステラはドアにしのびより、耳をあてた。何も聞こえない。透明な手でドアノブにふれた。この部屋の中に何があるのか知らない。ドアをあけたくなかった。

——入って。

ステラはドアノブを静かにまわして、ドアをおしあけ、中にすべりこんだ。そっとドアを閉める。ガーネット校長のパーラーだった。ロウソクに火がともり、暖炉《だんろ》の中で炎《ほのお》がゆれている。ガラスのカエル、銀のキリン、滝《たき》の絵がついた小さな水差し、うろこがスパンコールでできたビーズの金魚などがある。いたるところで、装飾品《そうしょくひん》がロウソクの明かりを受けてかがやいている。

暖炉の横のいすにのったアルバムに目が行った。

——それよ。あけて。

ステラはアルバムを持ってすわり、ページをめくって、小さなシルエットを見ていく。動かないものもあるが

ロウソクの明かりで動いて見えるものもある。最後に行くまでページをめくった。三人の顔がならんでいる。そのあとのフレームは空《から》だ。

——燃《も》やして。

ステラはしんちょうにアルバムのページをやぶり、暖炉《だんろ》に持っていって、炎《ほのお》に向かって投げた。火《ひ》かき棒《ぼう》でそのページを火の中におしこむ。

ステラは、はげしく体をゆさぶられて目がさめた。ベッドで寝《ね》ていたはずなのに、火かき棒を持って立ち、銀色の炎が煙突《えんとつ》にあがっていくのを見ている。ステラは火かき棒を落とし、あぶなく暖炉にたおれこみそうになった。

何が起こったの？　どこにいるの？　ステラはあえいで、部屋を見まわし、おどろいた。心臓《しんぞう》がとびあがった。

ガーネット校長のパーラーだ。

ステラはあとずさった。目がまわる。バランスをくずして、大きな本を床《ゆか》に落としてしまった。本は小さなテーブルをひっくりかえして、落ちて、開いた。装飾品《そうしょくひん》が絨毯《じゅうたん》の上に散らばる。ステラはあわててそれをひろおうとしゃがんだ。手がふるえている。たおれたテーブルをもどし、装飾品をのせた。

よろよろと立ちあがる。見つかったら、大変なことになる。

そのとき、あの声のことを思い出した。ルナの声だ。寝《ね》ているときに、ルナが指示《しじ》したのだ。床の上で開いているアルバムを見た。その瞬間《しゅんかん》、ガーネット校長がどうやってシルエットをつくり、アルバムにはって、自分をとじこめたのか思い出した。

ステラは体をふるわせながらアルバムを持ちあげた。一つのシルエットに息を飲む。がっちりした、まっすぐな鼻、高い額《ひたい》からひっつめた髪《かみ》は、だきょうをゆるさない古風なスタイルに結ってある。

シルエットの下に小さな銀色の文字で書いてある。

ディリヴァランス・モンゴメリー。

不従順《ふじゅうじゅん》
ガーネット校長がステラのシルエットの下に書いたものと同じだ。若《わか》き日のディリヴァランスおばさんが、何かいいたそうに、首をかしげたような気がした。

シルエットの下にはさらに書いてある。

お裁縫賞《さいほう》。

エチケット賞。

朗読《ろうどく》賞。

アンストラザー伯爵《はくしゃく》夫人《ふじん》の品行方正賞、三回。

生徒会長。

ガーネット校長はディリヴァランスおばさんを、不従順《ふじゅうじゅん》な子どもから賞を取る生徒会長に変えたのだ。

ステラはこのページもやぶいて火にくべるべきかどうかなやんだ。もし、火にくべたら、ディリヴァランスおばさんはどうなるだろう？

アルバムを閉《と》じて、まよった。耳をすます。静まりかえっている。ママのことを調べるチャンスは今しかないかもしれない。

ステラはすわって、またアルバムをひらき、すばやくパージをめくる。名前に指をはわせながらどんどんパージをめくっていく。たくさんのシルエットを通りすぎる。テンペランスおばさんを見つけた。不注意。その少しあとにコンドレンスおばさん。身勝手。

小さな顔を見ていく。おばさんたちが生徒だったと考えるのは変な気分だった。

とうとう見つけた。ママのシルエット。

ペイシェンス・モンゴメリー

強情《ごうじょう》。

細い髪《かみ》の毛《け》のほっそりした顔。

ステラは小さなシルエットに指をはわせた。

シルエットは動かない。

強情。どういう意味だろう？

その下に、大きく、とがった字で書いてあった。

意固地《いこじ》、あばずれ、不道徳《ふどうとく》。

ゆるされない人間と逃《に》げた。

その下にほかよりも大きくて、さらにとがった文字で書いてあった。

退学《たいがく》。

ステラは息を飲んだ。

近くで物音が聞こえた。足音が近づいてくる。ステラはあわてて立ちあがり、アルバムをいすの上においた。あたりを見まわしたがかくれる場所がない。暖炉《だんろ》の横の陰《かげ》にかけていき、息をすいこんで、歯をくいしばり、体を消そうとした。少しの間、できそうがないような気がしたが、やがておそろしいめまいがして、体が消えて陰にとけこんだ。

パーラーのドアがあいて、ガーネット校長と紳士《しんし》が入ってきた。紳士は校長に似《に》て、顔が青白くて太っていて、目が出ている。濃《こ》い、白いあごひげと口ひげをたくわえている。黒檀《こくたん》に銀をあしらった散歩用の杖《つえ》を片手《かたて》に持ち、もう一方の手でつやつやしたシルクハットをかかえている。

ステラは息を殺して石のようにじっとしていた。自分の心臓《しんぞう》の音が聞こえるような気がする。ガーネット校長は紳士に向きあって顔をしかめた。

「わたしは自分の役割《やくわり》をはたしましたよ、タデウス。自分の評判《ひょうばん》を落とす危険《きけん》をおかしてね」

紳士はいった。

「約束しますよ、ドルシラ――」

油のようになめらかな声だ。

ガーネット校長は顔をしかめた。

「約束。すばらしい言葉ですね、弟よ。けれど、あなたは何も実行していませんよ」

「その反対ですよ、ドルシラ。もうすぐ成功《せいこう》します」

紳士は両手をこすりあわせた。

「しかし、予期せぬじゃまがあったことは確《たし》かです。おくれと妨害《ぼうがい》」

「いつものとおり、あなたは物事を不必要に複雑《ふくざつ》にしました。子どものころからそうです。よこしまで信用できません。それに、評判の悪い仲間がいるし」

校長はかがやくフィジオノグラフに指さきでふれた。

「弟よ、もしあなたがわたしの生徒なら、その欠点をなおしてあげるのに」

紳士は校長から一歩身を引いていった。

「残念ながら、わたしはあなたの運の悪い生徒ではありません。その装置《そうち》をつくってあげたでしょ。それで何ができるか正確《せいかく》にわかっています」

紳士は手袋《てぶくろ》をはめて、おじぎをした。

「失礼します。約束がありまして。すべて計画どおりにいったら、明日にはよい知らせを持ってくることができるでしょう。さようなら、ドルシラ」

紳士は帽子《ぼうし》をかぶった。

ガーネット校長が鈴《すず》を鳴らすと、けわしい顔をしたメイドが姿《すがた》をあらわした。

「弟を見送って」

数分後にメイドがもどってくると、こういいつけた。

「この部屋をかたづけて、あたたかいココアとバターをぬったトーストを持ってきてちょうだい。熱いのを持ってくるのですよ。わたしの寝室《しんしつ》に」

「わかりました」

ガーネット校長は、部屋の反対側にあるドアに入っていって閉《し》めた。ステラは、メイドが火をかきまわし、火《ひ》かき棒《ぼう》をフックにかけるのを見ていた。メイドはステラがいすの上においたアルバムを棚《たな》におき、いくつかの装飾品《そうしょくひん》をかたづける。それからロウソクをふき消して、パーラーから出ていった。

ステラは一、二分待ってから姿《すがた》が見えるようにした。頭がクラクラする。じっと立っていたので体がこわばっている。息をすいこんで、しのび足でドアに行き、耳をすますと、そっとドアをあけて廊下《ろうか》をのぞいた。だれもいない。パーラーからぬけだし、静かにドアを閉《し》めると、寮《りょう》の部屋に行く階段《かいだん》をネコのように足音を立てずにのぼった。


アガパンサスがベッドの上に身を起こして、ささやいた。

「何が起こりましたの？　何をなさったの？」

ステラはまよった。アガパンサスにルナのことを話せない。それに、奇妙《きみょう》すぎる。眠《ねむ》っているときに、姿が見えない姉妹に指示《しじ》されたとどうやって説明すればいいのだろう？

「わたし、眠りながら歩いていたと思うの。目がさめたら、パーラーにいてアルバムのわたしたちがのっているページを燃《も》やしていたの」

「とてもおそろしくありませんでした？　まるで、悪夢《あくむ》にとじこめられたようでした。頭にうかぶのはおそろしい規則《きそく》のことだけでした。校長先生はあの装置《そうち》でわたくしを、おりこうで、静かで、従順《じゅうじゅん》な女の子に変えたのです」

アガパンサスがささやいて体をふるわせた。

「わたくしにあんなことができたなんて、信じることができません」

「そうね。わたしもそうだったわ」

ステラはいった。

「目がさめたとき、すべて思い出しましたの。それに、オッティリーを助けなければならないことを。すぐに行かなければなりませんわ。校長先生があなたのしたことに気がついたら、もう一度アルバムにとじこめられます」

「もっとひどいことをされるかもしれないわ」

ステラはいった。

「そうですわね。次は、眠りながら歩いて、わたくしたちを救うことができないかもしれません。そうしたら、わたくしたち、ずっととじこめられたままです。ほかの生徒たちのように。わたくし、アルバムを丸ごと燃やして、あの装置をたたきこわしたいです」

ステラは従順に眠っている生徒たちを見て、ささやいた。

「行きましょう。最後のチャンスかもしれないわ」

アガパンサスがベッドから出ると、二人は毛布《もうふ》の下に枕《まくら》をつっこんだ。

「お手洗《てあら》いで着がえましょう」

ステラはささやいた。二人はできるだけ音を出さずに服を集めて丸め、しのび足でお手洗いに向かった。ステラは暗い中で着がえるのに手こずった。手が冷たいので、ボタンをはめたりリボンを結んだりがうまくいかない。アガパンサスがころびそうになって、ステラにつかまったので、二人は小声で笑った。

着がえをすますと、ステラは個室《こしつ》に入って、床板《ゆかいた》の下の穴《あな》を探《さが》した。オルゴールを取り出し、ドレスのポケットに入れる。ばかばかしいかもしれないが、とてもきんちょうしているので、持っていれば気持ちが落ちつくだろう。

二人はできるだけ静かに階段《かいだん》をおりた。音がしたのでビクッとして、ドアの後ろにかくれると、ロウソクを持ったマクラッグ先生が通りすぎた。先生が階段をのぼっていくまで、二人は息を殺して待った。足音をしのばせて先生たちの部屋、教室を通りすぎ、裏階段《うらかいだん》をおりてクロークルームに行く。暗やみの中で、二人は手探《てさぐ》りでぬれたコート、帽子《ぼうし》、ブーツを見つけて身につけた。帽子のリボンをはずして、コートのポケットに入れる。

準備《じゅんび》ができるとアガパンサスがささやいた。

「まいりましょう」

大きな玄関《げんかん》のドアの上にある色つきの窓《まど》から明かりが入ってきている。アガパンサスはかがんで、下のかんぬきをはずした。ステラはつま先立ちして上のかんぬきに手をのばした。かんぬきを引きぬいて、ドアをあける。

雨がやんでいた。霧《きり》がうず巻《ま》き、街路灯《がいろとう》の明かりがゆれる。

階段の一番上でステラは足を止めた。夜はとても寒くて、思ったよりも大きくて暗い気がする。ステラは身ぶるいした。

アガパンサスがタフィーを二個《こ》取り出し、一個さしだして、いった。

「まいりましょう」

ステラは銀紙をひらき、タフィーを口に入れ、うなずいた。

二人は学校のドアを静かに閉《し》めて、霧の夜にふみだした。

12

ふたたび遊園地へ

通りにステラとアガパンサスの足音がひびく。背《せ》の高い家のいくつかの窓《まど》に明かりがついていた。

街路灯《がいろとう》と街路灯の間はとても暗い。一人の男がなにかつぶやき、つまずきながら二人の方に来た。男は二人を見るとうたいだした。二人は男をさけて通りをわたる。庭にはりめぐらされた高い塀《へい》の向こうで犬がほえたので、二人はドキッとした。大通りに入る角《かど》を曲がると暗い影《かげ》がかけぬけた。ステラは息を飲んだ。ネコ、あるいはキツネかもしれない。

ガーネット校長のパーラーで耳にしたことを、ステラはアガパンサスに教えた。

「わたし、かくれていたの。校長先生が弟さんと話しているのを聞いたの。何かしてほしいとたのんでいるようだったけれど、よくわからない」

「弟さんて、どんな方ですの？　校長先生に弟さんがいるなんて、想像《そうぞう》できませんわ」

「校長先生そっくりだったわ。ひげをのぞいて」

「ゾッとしますわね」

大通りの大きな店はみな閉《し》まっていた。家路を急ぐ、つかれたようすの女店員たちとすれちがった。

「もしオッティリーを見つけたとして、どうしたらいいかしら？　学校にもどったら、わたしたちみんな、校長先生にまたアルバムにとじこめられてしまうわ」

ステラがいった。

「そうですわね。けれど、ほかに方法はあります？　わたくしたち、逃《に》げられませんわ。どこに行くというのです？　わたくしの家に行ったら、おばあさまに学校に送りかえされてしまいます。おばあさまは、校長先生のアルバムはすばらしいものだと思うはずです。わたくしにいつも静かで従順《じゅうじゅん》であってほしいと願っておりますもの。お姉さまたちのようになってほしいのです」

ステラはうなずいた。

「わたしのおばさんたちもそう思うにちがいないわ。だから、この学校に入れられたの。おばさんたちも、アルバムに入っていたわ」

ステラは少しの間考えた。

「それで説明がつくわ。ディリヴァランスおばさんの名前の下に不従順と書いてあったの。わたしと同じ。そのおばさんが生徒会長になって、いろいろな賞をもらったの」

アガパンサスはうめいた。

「わたくしたち、そうはなりたくありませんわ」

「それに、わたし、ママが何をしたのか発見したの。アルバムにママのシルエットがあったの。意固地《いこじ》。あばずれ。不道徳《ふどうとく》。ゆるしがたい人間と逃《に》げた。退学《たいがく》、と書いてあった」

「ゆるしがたい人間。だれだと思います？」

「パパだと思うの」

ステラは顔をしかめた。

「ママはパパといっしょに学校を逃げだしたのかもしれない」

「お父さまはどんな方ですの？　どうしてゆるしがたい、なのですか？」

「パパのことは何も知らないの。名前も知らない。知っているのは、おばさんたちがきらっていることだけ。もちろん、おばさんたちは、ほとんどのことがきらいだけれど」

「お父さまはお母さまが学校から逃げるのを助けたと思います？　どうやって出会ったのでしょう？」

「わからないわ。でも、そうだとしたら、おばさんたちがパパをきらうわけがわかる。ママが退学になったわけも」

アガパンサスは歯の間から息をはいた。

「もしわたくしが退学になったら、おばあさまはまちがいなく爆発《ばくはつ》しますわ。ほかのことを考えたほうがいいかもしれませんわね。けれど、どうせ逃げだせないのなら、少なくとも学校にいればオッティリーをあの男たちから守れますわ」

「オッティリーを見つけられたらね」

ステラがいった。

「見つけるまで探《さが》しましょう。遊園地のどこかにいるのは確《たし》かです」

アガパンサスは決意したようにいった。

二人は大通りのはずれで美術館《びじゅつかん》広場を横切った。記念噴水《ふんすい》は、受け皿から池に水がたれているだけで静かだ。美術館は暗かった。二人は美術館の後ろの通りに行き、ならんだ小さな店を通りすぎ、遊園地のある丘《おか》をのぼりはじめた。

上から腕《うで》を組んだ男女のグループがおりてきた。家に帰る家族連れもいる。お父さんが一番小さな子どもをだき、眠《ねむ》そうな年上の子どもたちがついてくる。酒場のあいたドアから明かりがもれている。屋台で焼き栗《ぐり》《や》やコーヒーやパイを売っている。

遊園地に近づくと、蒸気機関《じょうききかん》の音や蒸気オルガンの音楽が聞こえた。赤や金や緑色の花火があがり、バン、バンと音がする。

二人は人ごみをかきわけて進んだ。ただよう霧《きり》と色のついた明かりで、なにもかもういているように見える。メリーゴーラウンドの馬やグリフォンが、ちがう世界から来た生き物のようにやみの中を舞《ま》いおりる。若《わか》い男が笑いながらグルグルすべり台をすべりおりてきて、地面にぶつかった。

スイングボートに近い空《あ》き地《ち》で二人の男がけんかして、はげしくなぐりあっている。男や少年たちがスズのマグカップに入ったものを飲みながら大きな声をかけている。頭上の色とりどりの花火が顔をてらす。

ステラはアガパンサスの手をにぎりしめて、人ごみのまわりを歩く。

余興《よきょう》のテントから人々が出てきた。あごひげのはえた女性《じょせい》がテントから顔を出し、空を見あげた。細長いあごひげをはやし、クジャクの羽のついたミッドナイトブルーのターバンをかぶっている。ステラが見ているのに気がつくと片目《かため》をつぶり、テントの入り口を閉《し》めて、どこかに行ってしまった。

「大変！」

アガパンサスがささやいて、ステラを輪投げの屋台横の暗がりに引っぱっていった。ガブロ兄弟の一人が人をおしわけてくる。麻袋《あさぶくろ》に入れた大きな荷物をかつぎ、ソーセージをほおばっている。

二人は兄弟が通りすぎるのを待って、かくれていた場所から出ていった。遊園地のはずれに行き、赤と黄色の箱馬車に向かった。錠前《じょうまえ》がなくなっている。ステラはドアをあけて、中をのぞいた。

箱馬車の中にはだれもいない。壁《かべ》に木の棚《たな》がならんでいる。床《ゆか》のすみに毛布《もうふ》が丸められ、スズの皿とマグカップがあった。

「手おくれでしたわ。オッティリーはどこかに連れていかれたのです」

アガパンサスは腰《こし》に手をあてた。

ステラはあたりを見まわした。オッティリーがおびえて毛布にくるまっているところを想像《そうぞう》した。

ステラはしゃがんだ。オッティリーが何か手がかりを残しているかもしれない。

一番下の棚の下の床板に何か引っかいてかいたようなあとがある。暗くてはっきり見えない。しんちょうに指でなぞってみる。小さなナメクジの絵だ。

「これを見て。オッティリーのセイウチだわ」

アガパンサスがとなりに来て棚の下をのぞいた。引っかかれた小さな絵に指をはわせる。

「そのとおりですわ。オッティリーのセイウチですね。けれど、どうしてほかのことをかかなかったのでしょう?」

「たぶん、とてもこわかったのよ。見つからないように、この下にかくしていたの」

ステラは棚の下をさわった。

「ほかにもあるわ。これ、何かしら?」

アガパンサスはさわって顔をしかめた。

「何かの絵でしょうけれど、オッティリーは絵がとても下手でしたから。ロウソクがあったらいいのですが」

アガパンサスはまた引っかいたものに指をはわせた。

「ヘビが木をのぼっているようですわ。なんだかわかりません」

ステラはその形を指でなぞった。

「塔《とう》、だと思うわ。あるいは灯台《とうだい》。このヘビが巻《ま》きついているの——ああ！　グルグルすべり台じゃないかしら？」

「そうかもしれませんわ」

「メッセージだと思うわ。手がかりよ」

さらに引っかいたあとがないか、棚《たな》にさわってみたが、見つからなかった。ステラは立ちあがった。

「行きましょう」

二人は用心深く外を見て、箱馬車からおり、余興《よきょう》のテントの前を通ってグルグルすべり台に向かった。遊園地は閉《し》まりはじめている。蒸気機関《じょうききかん》がおそくなり、バン、ガタンと音を立てながら蒸気を出している。男が余興のテントの入り口にある色ガラスのランタンの火をふき消した。輪投げの屋台では、少女が小さなおもちゃのラクダやゾウや馬を段《だん》ボール箱に入れている。

「さあ、行きな」

ガブロ兄弟の一人が客たちをせきたてている。歩きながら骨《ほね》をしゃぶっている。

「もう閉園《へいえん》だ。さあ出て。家に帰りな」

ステラはアガパンサスを引っぱってメリーゴーラウンドの後ろにかくれた。二人は馬の足の間からガブロ兄弟の一人を見はった。

「みんなが帰るまでかくれていないと」

ステラがささやいた。

二人はジンジャーブレッドの屋台の横に暗がりがあるのを見つけ、積みあがった空《から》の木箱の後ろにしゃがんで、遊園地が静かになり、蒸気機関が止まり、明かりが消えるまで待った。グルグルすべり台のてっぺんが見える。ならんだ赤と青のランタンに風があたって明かりがゆれた。すべり台はグルグルまわり、暗やみでかがやいている。塔の上に人影《ひとかげ》があらわれ、ランタンをひとつずつふき消している。

一人の男が道具袋《どうぐぶくろ》をかかえて口笛をふきながら通りすぎた。それから笑いあっている若《わか》い男のグループ、ビーズを散りばめた衣装《いしょう》の上にみすぼらしいコートをはおった三人の少女が来た。

とうとう、すべてが静かになった。

「まいりましょう」

アガパンサスがいったとき、ステラがアガパンサスの腕《うで》をつかんだ。

「待って！」

ガブロ兄弟の一人が通りすぎた。ステラとアガパンサスはかくれていたところからはいだし、陰《かげ》にかくれながら、こっそりとついていく。ガブロ兄弟の一人はグルグルすべり台の階段《かいだん》をかけあがり、中に入った。

ステラとアガパンサスは入場券《けん》売り場の後ろの暗がりに身をかくした。

しばらくすると、三人のガブロ兄弟が、いっしょに塔《とう》から出てきた。一人がドアを閉《し》めて、錠《じょう》前《まえ》をおろす。

「これでいい」

といって、見まわした。

「紳士《しんし》に、ガキを秘密《ひみつ》の場所にしっかりとかくしたから、会いたかったら、もう少しはずんでくれるようにいおう。今度は、それぞれに一ギニー金貨《きんか》だ」

ほかの二人が笑った。一人が手をこすりあわせた。

「オイスターパイが食えるな」

「ブタのひざだな。肉汁《にくじゅう》たっぷりの」

三人目の兄弟が舌鼓《したつづみ》を打つ。

三人は遊園地の出入り口に向かって足早に去っていった。

ステラとアガパンサスはガブロ兄弟の姿《すがた》が見えなくなるまで待った。

ステラが息をはいた。

「行きましょう」

二人は階段をのぼってグルグルすべり台のドアに行き、アガパンサスが錠前をガタガタさせた。

ステラがささやいた。

「オッティリー！　オッティリー！　そこにいるの？」

返事がない。アガパンサスが少し大きな声でよびかけた。

「オッティリー！　わたくしたちですわ！

そこにいますの？」

頭の上の方からかすかな音がした。

「聞こえた？」

ステラがささやいた。

「いいえ」

「確《たし》かに物音が聞こえたわ。

ほかに入る方法はないかしら？」

ステラとアガパンサスは階段《かいだん》をおりて、塔《とう》を見あげた。

「すべり台をのぼれると思います？」

アガパンサスは小声でいうと、すべり台をのぼってみたが、二歩あがったところですべって音を立てて地面に落ちた。

「だめですわ。のぼれないと思います」

アガパンサスは顔をしかめておしりをさすった。

二人は塔の裏《うら》にまわってみた。

アガパンサスがブーツの先で板をつついた。

「くさっていますわ」

アガパンサスは一番下の板をつかみ、足をふんばって持ちあげた。ベキッ、メリメリという音がして、板がこわれた。アガパンサスは板の一部をはがすと、息を切らしながら聞いた。

「ここからもぐりこめるでしょうか？」

ステラはせまいすきまをうたがわしげに見た。しゃがんで、下をのぞく。地面は泥《どろ》だらけでやわらかかった。

「たぶん」

ステラは寝《ね》そべって、頭と肩《かた》を入れてみた。しばらく身動きができないような気がしたが、心を決めて、ジリジリと体を前に進め、こわれた板と泥の間を通りぬけた。長靴下《ながくつした》がやぶけて、足にすり傷《きず》ができた。

「入れたわ。来て」

ステラはささやいた。

アガパンサスの頭があらわれた。ステラはアガパンサスの手を引っぱって通りぬけさせた。

「痛《いた》い！」

アガパンサスがささやいた。

二人はよろよろと立ちあがった。とても暗かった。ステラが手をのばすと、ザラザラの木の足場にふれた。

「オッティリー！　いるの？」

ステラはよびかけた。

ずっと上の方の暗やみから悲鳴と必死でけとばすようなドンドンという音が聞こえた。

13

ガブロ兄弟

ステラとアガパンサスは足場をのぼって、入り口の階に行った。急な木の階段《かいだん》が塔《とう》の上に続いている。二人は暗やみの中を手探《てさぐ》りで階段をのぼりはじめた。階段がきしむ。上からかすかな明かりが入ってくる。

「オッティリー！　今行くわ」

ステラがいうと、上からさらにドンドンという音がした。

二人は、大きなまゆのようにくるまれたオッティリーが階段の踊《おど》り場《ば》にころがされているのを見つけた。麻袋《あさぶくろ》に入れられてロープでしばられている。ステラとアガパンサスは手探りで結び目を探《さが》した。ステラは手と歯を使ってなんとかロープをゆるめた。二人はロープをほどき、オッティリーの頭から麻袋をはずした。オッティリーはくぐもった悲鳴をあげている。口にハンカチが巻《ま》かれているのだ。ステラがハンカチをほどくと、オッティリーは息をすいこんだ。

「き、来てくれたのね！」

といって、泣きだした。

「もちろん、まいりますわ」

アガパンサスがいった。

「泣かないで」

ステラがオッティリーをなでながらいった。

「すごくこわかったの。だれも見つけられないだろうと思った。寝返《ねがえ》りを打ったら、階段から落ちると思ったの。それに、ここにはネズミがいると思う」

「ほら、タフィーをめしあがれ」

アガパンサスがいった。

オッティリーは銀紙を開き、「ありがとう」といってタフィーをなめる。

「い、急がなきゃ」

ふるえる声でいいながら、麻袋からぬけだした。

「あいつら、もどってくる。あの男を連れてくるといってたの。すぐにもどってくるって」

「あの男って……どなたを？」

二人でオッティリーを立ちあがらせながらアガパンサスが聞いた。オッティリーがふるえているので、ステラは肩《かた》をだいた。

「紳士《しんし》、といってた」

三人は急な階段《かいだん》をおりはじめた。

「紳士《しんし》ってだれ？」

ステラが聞いた。

「わ、わからない。すごく奇妙《きみょう》だったの。何が起こったか覚えてないの。眠《ねむ》っていて、いわれたままに動いていたような気がする。でも、とつぜん箱馬車の中で目がさめたの。窓《まど》によじのぼって逃《に》げようとしたんだけど、つかまっちゃった」

「あなたがアルバムのページを燃《も》やしたからですわ。それで、オッティリーが目をさましたのです」

アガパンサスがステラにいった。

オッティリーは話を続ける。

「あいつら、あんたたちがあたしを探《さが》してかぎまわってるといってた。それでこのグルグルすべり台にとじこめることにしたの。そうすれば、あたしがさけんでも、だ、だれにも聞こえないから。だから、急いで箱馬車の棚《たな》の下に絵をかいたの。万が一、あんたたちがもどってきたときにそなえて。暗かったから、見えない中でかいたの」

オッティリーは鼻をすすって目をふいた。

「あんたたちが、あれを見つけたなんて信じられない」

「すばらしい手がかりでしたわ。とてもミステリアスで。あれがセイウチだとわかる人はいないはずです。本当に。ぜったいに」

アガパンサスがいうと、オッティリーとステラはクスクス笑った。

とつぜん、アガパンサスがささやいた。

「シーッ！　あれはなんです？」

足音が近づいてくる。鍵《かぎ》の音がした。

「もどってきたんだ！」

オッティリーがいった。

「急いで」

ステラがささやいた。

三人は回れ右をして、大急ぎで階段をのぼった。

ランタンの明かりがゆれ、塔《とう》の壁《かべ》に大きな影《かげ》がそびえたった。

ステラとアガパンサスはふるえるオッティリーを引っぱってのぼっていく。

「行きましょう」

ステラがささやいた。

後ろの階段から重い足音がひびいてくる。

塔のてっぺんに行くはしごまで来た。アガパンサスが先頭で、オッティリー、ステラと続く。アガパンサスがオッティリーの手を引っぱって最後の数段《すうだん》をのぼらせた。冷たい風がふいている。下に遊園地が見える。たくさん黒い形があり、うす暗い明かりが点在《てんざい》している。

下までですごく距離《きょり》がありそうだ。

アガパンサスは身を乗りだして、すべり台の一番上を見た。すべり台は考えられない急角度で暗やみに落ちていく。

ステラは胃がぎゅっとちぢまり、気持ち悪くなった。

「やらなければなりません。考えないで。さあ、まいりましょう」

といって、アガパンサスはそばに積みあげられていた麻袋《あさぶくろ》を一枚《まい》つかんだ。

はしごの上にガブロ兄弟の一人が姿《すがた》をあらわした。最後の数段をのぼって、三人めがけてつっこんできた。

ステラは息を飲んだ。

オッティリーは悲鳴をあげた。

「急いで！」

アガパンサスはステラとオッティリーの肩《かた》に腕《うで》をまわし、三人で一つの袋《ふくろ》に乗ると、塔《とう》から夜に向かってとびおりた。

三人はすべり台をおりる。ステラは悲鳴を聞いた。それが自分の声だったのか、アガパンサスの

郵便はがき

恐縮ですが
切手をおは
りください

1620815

東京都新宿区筑土八幡町2—21

株式会社
評論社

読者通信カード係 行

読者通信カード

書　　名			
ご氏名			歳
ご住所	(〒　　　　　　)		
ご職業 (ご専門)		ご購読の 新聞雑誌	
お買上 書店名	県 市	町	書店

本書に関するご意見·ご感想など

＊お送りいただいた情報は、小社が責任をもって管理し、以下の目的以外には使用いたしません。

- 今後の出版活動の参考とさせていただきます。
- ご意見・ご感想を匿名で小社の宣伝物等に使わせていただく場合がございます。
- DM、目録等をお送りすることがございます。

ものだったのか、オッティリーのものだったのか、三人いっしょに悲鳴をあげたのかわからない。三人はだきあって、どんどんすべり落ちていく。風があたり、地面がせりあがってくる。ドサッと落ちて歯がガチガチと鳴った。三人はグルグルころがり、よろよろと立ちあがった。

暗やみから兄弟の一人が出てきて、ステラの腕をつかんだ。ステラは悲鳴をあげてもがいた。兄弟の手に力が入る。がっしりした体がすべり台をおりてきてぶつかったので、ステラたちはころんだ。ステラはころがって兄弟の手からのがれた。兄弟たちはののしり声をあげる。

「まいりましょう」

アガパンサスは急いでステラの手を引っぱって立たせた。二人はオッティリーの手をつかんで逃《に》げだした。ぶらさがっているスイングボートの前を通り、メリーゴーラウンドをうかいする。遊園地の出入り口で、大きな影《かげ》が出てきて、腕をひろげて三人の行く手をはばむ。けれど、三人はその手をくぐりぬけて通りにかけだした。

近くに大型《おおがた》馬車が止まっていた。その中に乗っている黒い人影をステラはチラリと見た。ステラが考える前に、ステラたち三人は通りをかけおりていた。酒場の前を通り、外に集まっている人の間をぬって走る。玉石の石畳《いしだたみ》で足がすべる。

後ろからさけび声が聞こえた。ガブロ兄弟が追いかけてくる。

アガパンサスが肩ごしに見た。

「こちらですわ！」

家の間のせまい路地に引っぱっていく。地面はでこぼこで、三人はつまずきながら走る。小さな広場に出た。頭上で街路灯《がいろとう》の明かりがゆれている。小道がいろいろな方向にのびている。

アガパンサスが下に向かう急な坂道をえらび、三人は走り続ける。道の両側は倉庫だ。どこにも明かりはついていない。何かが道を横切った。たぶんネズミだ。洗濯《せんたく》物《もの》と古いキャベツのにおいのほかに、さらにひどいにおいがする。

後ろからまたさけび声が聞こえた。

ステラはふりむいた。

「まだ追いかけてくるわ！」

三人は走り続ける。ツルツルした階段《かいだん》をおり、溝《みぞ》の水をけちらす。三人はせまい、曲がりくねった小道を走り、息を切らしながら、べつの小さな広場に出た。片側《かたがわ》には一軒《けん》の倉庫がある。反対側には高い壁《かべ》があって、上まで割《わ》れたびんが積まれている。

袋小路《ふくろこうじ》だ。

足音が近づいてくる。ランタンの明かりがゆれる。

三人は必死で逃《に》げ道《みち》を探《さが》す。小さな木のドアがあったが、鍵《かぎ》がかかっていた。ステラはドアノブをゆらした。アガパンサスはドアをドンドンたたく。返事がない。

「あたしにまかせて」

オッティリーがドアの鍵に手をあてて目を閉《と》じた。

中で小さくカチッと音がした。オッティリーはドアを開いた。三人は中にころがりこみ、ドアを閉《し》めた。オッティリーがドアに手をのせると、またカチッという音がした。

三人は暗やみの中でふるえながら立っていた。

何かがドアにぶつかったので、三人はとびあがった。

「鍵魔女《かぎまじょ》のやつめ」

「いっただろ」

鍵のかかったドアがドスンと音を立てた。がっかりしたうなり声とののしり声、それからさらに数回ドンドンとたたかれた。

ステラたちは待った。ガブロ兄弟はさらにののしった。それから、何か話し合っている。とうとう足音が遠のき、静かになった。

「おどろきましたわ。どうやっておやりになったの？」

アガパンサスがささやいた。

オッティリーは口ごもったが、とうとう小声でいった。

「あたしが鍵《かぎ》にさわると、あけることができるの。というか、鍵があけたがるの。そうなの。それを感じるの。かんたんなの」

「……オッティリーはフェイなのね」

しばらくしてステラがささやいた。

「そ、そういう人もいる」

オッティリーはまた口ごもった。

「あたしは鍵魔女《かぎまじょ》なの。母さんもそうなの。うちの家系《かけい》の女はみんなそうなの。ばあちゃんが、ばあちゃんの、ひいひいじいちゃんが妖精《ようせい》と結婚《けっこん》したんだっていってた。小さいときに、そう教わったの」

ステラは自分もフェイだと話すべきかまよった。姿《すがた》を消すことができると。ステラが決心をする前にアガパンサスがささやいた。

「あいつらがどうしてオッティリーが必要なのかわかりますわ。こんなにかんたんに鍵をあけられるのなら」

「あの男たちは仕事をさせるために、あたしの、か、母さんを、連れさったの。鍵をあけさせたかったの。母さんはこわがってた――行きたくなかったの。でも、連れていかれてしまった。それで、もどってこないの。母さんに何かが起こったんだ。だから、あいつらはあたしが必要なの」

「何をさせたいのかしら？」

ステラが聞いた。

「やつらが話してるのを聞いたの。あの紳士《しんし》はあたしに鍵をあけさせたいの。地下へのドアの」

オッティリーの声がふるえている。また泣いているような声だ。

ステラはオッティリーの腕《うで》をなでた。

「あなたを学校に連れていくわ。学校なら安全だから」

アガパンサスがドアに耳をつけた。

「行ってしまったと思います？」

「待っていると思うわ。べつの出口を探《さが》せるかもしれない」

ステラはいった。

ステラは暗やみの中で手をのばすと包みや箱にふれた。そろそろと、三人は、手探《てさく》りで進む。羽や毛皮、小さなビーズを縫《ぬ》いつけた生地《きじ》を巻《ま》いたものなどがある。リボンやボタンを入れたびんや糸をおいた棚《たな》をすぎると、店に出た。金で装飾《そうしょく》された背《せ》の高い大理石の柱がある。頭上でクリスタルのシャンデリアがかがやいた。長いカウンターには石膏《せっこう》の胸像《きょうぞう》がならんでいる。みな豪華《ごうか》な帽子《ぼうし》をかぶっている。大きなベルベットのリボンが結んである帽子、ビーズでできたブドウがぶらさがっている帽子、エキゾチックなとがった花がついた帽子もある。大きなパイナップルのまわりに黄色いバラがならべられた帽子《ぼうし》もあった。はく製《せい》の鳥がのっている帽子もある。長い緑色の羽が後ろにのびている。

三人はかがやく大理石の床《ゆか》をしのび足で歩いて、背《せ》の高い窓《まど》に行った。ステラはよろい戸のすきまからのぞいた。霧《きり》の中で街路灯《がいろとう》の明かりがゆれている。

「大通りだわ」

ステラはささやいた。

外で何かが動いた。ステラはアガパンサスの腕《うで》をつかんだ。

「見て！」

大きくて青白いものが頭上を飛んで、暗やみに消えた。

「なんですの？」

アガパンサスがささやいて、よろい戸のすきまをのぞいた。

「あそこ」

ステラは指さした。

「どこですか？　何も見えませんわ」

「あそこよ」

またステラがささやいた。

「霧しか見えません」

「ぜったいに何かを見たの」

ステラはうずまく霧を見た。街路灯の明かりで不思議な形に見える。

「何もいません――」

アガパンサスは急に言葉を切って、息を飲んだ。

通りの向こう側にずんぐりした姿《すがた》があらわれた。ガブロ兄弟の一人だ。

「シーッ」

ステラはささやいた。

「わたくしたちを探《さが》しているのです」

アガパンサスが小声でいった。

兄弟は通りを横切った。よろい戸のすきまをのぞくので、ステラたちはしゃがんだ。ステラは息を止めた。オッティリーがふるえているのを感じ、手をにぎる。

兄弟が何かつぶやくのが聞こえた。ドアノブをゆする。そのあと、歩き去っていった。

ステラたちはあたりが静まりかえるまで待った。

「まいりましょう」

アガパンサスがささやいた。ドアにはかんぬきがはまり、鍵《かぎ》がかかっている。三人はかんぬきをはずし、オッティリーが鍵穴《かぎあな》に手をのせて目をとじた。カチッと音がしてドアがあいた。三人はこっそりと店から出てドアを閉《し》めた。オッティリーが鍵を閉める。

ステラはドキドキしながら左右をよく見た。街路灯《がいろとう》の明かりで玉石の石畳《いしだたみ》がかがやいている。暗いし、霧《きり》が出ているのでよく見えなかったが、通りにはだれもいないようだ。

「行きましょう」

ステラがささやき、三人はしのび足で階段《かいだん》をおり、大通りを歩きはじめた。あたりを見まわし、暗がりに目をこらす。

大きな店のならびのはずれに来た。

「もうすぐですわ」

アガパンサスがささやいた。

「マンガン先生に説明できるわ。何が起こったのかわかってもらえる」

ステラはオッティリーにいった。

三人は角《かど》を曲がった。

庭をかこむ高い塀《へい》の横の暗がりで何かが動いた。

三つの大きな体があらわれた。

ステラは息を飲んだ。

アガパンサスはさけんだ。

オッティリーは悲鳴をあげた。

ガブロ兄弟が笑った。一人がかんでいたブタの足をすてて、そでで口をふいていった。

「つかまえろ」

14

下水道の中へ

「逃《に》げて！」

ステラがさけんだ。

三人は向きを変えた。けれど、逃げだす前にガブロ兄弟の一人がアガパンサスをつかんだ。二人目がステラの腕《うで》をグイッと引っぱった。

ステラはもがく。

「オッティリー！　逃げて！」

オッティリーは向きを変えたが、おそかった。三人目の兄弟がオッティリーをつかんで、するどく口笛をふいた。

黒い大型《おおがた》馬車が霧《きり》の中からあらわれた。御者《ぎょしゃ》が手綱《たづな》を引くと、馬は止まった。馬は白い息をはいている。ステラに馬車の中の人影《ひとかげ》が見えた。紳士《しんし》が一人乗っている。オッティリーは身をよじり悲鳴をあげながら、体を持ちあげられ馬車につめこまれた。

ステラは足をばたつかせて助けを呼《よ》んだ。頭の横をたたかれ、耳鳴りがした。逃げようともがいたが、腕を後ろにひねられている。あまりの痛《いた》さに気を失いそうになった。

アガパンサスが身をよじって悲鳴をあげると、つかんでいた兄弟に口をふさがれた。アガパンサスがその手にかみつくと、兄弟はさけび声をあげ、アガパンサスをはなした。アガパンサスは大型馬車に走っていき、とびらをあけた。紳士がアガパンサスにおそいかかる。二人は馬車の入り口でもみあった。紳士が散歩用の杖《つえ》をふりあげ、アガパンサスがそれをひったくった。紳士におされ、アガパンサスは後ろ向きにステップから側溝《そっこう》に落ち、ころがって動かなくなった。

「アガパンサス！」

ステラは逃げようと体をひねったり、けとばしたりする。

とつぜん、頭上からかん高い鳴き声が聞こえた。縞《しま》のネコだ。高い塀《へい》の上をかけてきた。毛をさか立て、緑色の目が光っている。ネコはとびおり、ステラをつかまえている兄弟の上に着地すると、目をひっかいた。兄弟は痛みに大声をあげる。

兄弟はステラをはなすと、腕をふりまわしながら

後ろによろめいた。ネコはまた鳴くと、とびのいて、暗やみに消えてしまった。ステラはアガパンサスの手を引っぱって立ちあがらせた。アガパンサスは足を引きずっている。痛《いた》みにあえぎながらステラの腕《うで》によりかかった。

また、ガブロ三兄弟がステラたちに近づいてきた。

ステラは片手《かたて》をアガパンサスにまわしてしゃがみ、側溝《そっこう》から散歩用の杖《つえ》をひろった。大きな銀の取っ手がついていて重い。波線模様《もよう》や、彫刻《ちょうこく》がついている。ステラは杖の先を持ち、兄弟の一人に向かって思い切り銀の取っ手をふりまわした。杖はいい音を立てて腕にぶつかった。兄弟は痛《いた》さにさけび、ののしり声をあげた。

「全速力で走ってください。チャンスはこれだけですわ」

アガパンサスがささやいた。

「あなたをおいていけないわ」

ステラはアガパンサスをかかえたまま、杖をふりまわしてあとずさる。

「お行きになって」

アガパンサスの声が少しふるえている。

「わたくし、走れません。わたくしがつかまったら、あなたは全力で逃《に》げてください」

アガパンサスはステラの手をきつくにぎった。

「できないわ――」

とつぜん、三兄弟がとびかかってきた。一人がアガパンサスをつかまえて、ステラから引きはなした。

「お逃げになって、ステラ！」

馬車に引きずって行かれるアガパンサスが、もがきながらさけんだ。

ステラは杖をふりまわした。兄弟の一人のあごにあたった。男はさけんで、のけぞった。

ステラはまた杖をふりまわした。兄弟の一人が杖をつかみ、ねじってひったくると、庭をかこむ塀《へい》の向こうに放り投げた。

「ヘッ」

兄弟はうなるようにいった。

アガパンサスは馬車に放りこまれ、とびらが閉《し》められた。

「行け！」

兄弟の一人が御者《ぎょしゃ》にどなった。

御者がむちをふるい、馬車は走りだした。窓《まど》からオッティリーとアガパンサスの青ざめた顔が見えた。となりに紳士《しんし》の影《かげ》が見えた。馬車は大通りを走り、霧《きり》に消えていった。

「鍵魔女《かぎまじょ》を手に入れたぜ」

兄弟の一人が息を切らせながらいい、指の関節を鳴らした。

「さあ、こいつをかたづけちまおう」

兄弟たちはステラに向かってくる。一人が拳銃《けんじゅう》のような音を立てて手をたたいた。

ステラは向きを変えて逃《に》げだした。全速力で大通りを走る。暗い横道に入り、走る。角《かど》を曲がって、ならんだ店の後ろのせまい裏道《うらみち》にかけこむ。追いかけてくる重い足音が聞こえる。街路灯《がいろとう》の前を通過《つうか》するとき、さっと後ろを見て、べつの裏道に入り、ごみや空《あ》き箱《ばこ》が積みあげられた陰《かげ》に逃げこんだ。

裏道は行き止まりになっていた。逃げ場がない。

声と足音が近づいてくる。ステラは古い木箱の山の後ろにかくれる。

「どこかにいるはずだ」

どなり声が聞こえる。

「じわじわと追い出せ」

ステラは木箱の後ろにかくれ、体を消そうとした。けれど、息を切らして心臓《しんぞう》がドキドキしているので、集中できない。頭がクラクラする。

ガシャン！　木箱がおしたおされたので、ドキッとした。

兄弟がそばにいる。裏道の壁《かべ》に三人の影《かげ》が巨人《きょじん》のようにそびえたっている。

「出てこい、小娘《こむすめ》、何もしないから」

一人の兄弟がいうと、残りの二人が笑った。

ステラが息をすいこんで、もう一度体を消そうとしたとき、かすかにひっかくような音が聞こえた。そんなに遠くないところで、排水管《はいすいかん》の鉄のふたが持ちあげられて、横にすべり、丸い穴《あな》があらわれた。穴から青白い顔が出てきて、ささやき声が聞こえた。

「こっちだよ」

考えているひまはない。ステラはかけよって、排水管におりていった。

「ここ」

ささやき声が聞こえ、手がステラの足をさびたはしごに乗せた。上で鉄のふたがもどされるこすれる音がする。ステラはおりていった。はしごをおりると、ブーツが冷たい水につかった。空気はしめっていて、排水とくさったもののにおいがした。

「こっちだよ。頭に気をつけて」

ささやき声がいった。

ステラはかがんで水の中を歩く。

「待って」

ステラが足を止めると、マッチがすられて炎《ほのお》が見え、小さなランタンのロウソクに火がともされた。遊園地で会ったジョーの姿《すがた》が見えた。ジョーより背《せ》の低い男の子がいっしょだ。二人ともはだして、肩《かた》から、ななめに麻布《あさぬの》のカバンをかけている。

「声が聞こえたんだ」

ジョーはニコニコしながらささやいた。

「おれたち、ガブロ兄弟を警戒《けいかい》してたんだ。あいつら、いつも悪だくみをしてるから。ガブロ兄弟のどなり声が聞こえたから、見に来たんだ。きみが追いかけられてたから、助けに来た」

「ありがとう」

ステラはささやいた。息をすいこんで、あたりを見まわす。ランタンのロウソクの明かりが、アーチ型《がた》をした低いトンネルのぬれたレンガをてらしている。足が数センチ、水につかっている。水はロウソクの明かりにてらされて光りながら静かに流れていく。

「弟のウィルだよ」

ジョーがいった。

ウィルはにっこりした。ジョーを小さくしたようにそっくりだ。つぎのあたったブカブカのコートを着ていて、腰《こし》のあたりをロープで結んでいる。

「わたし、ステラ」

「知ってる。ジョーに話を聞いているよ。ジョーにきみのハンカチをもらった」

ウィルは腕《うで》をふった。手にステラのハンカチが巻《ま》いてある。

「ネズミにかじられたんだ」

「ここのネズミは大きくなるんだ。ものすごく大きくなる」

ジョーがいい、ウィルはまたほほえんだ。

「ガブロ兄弟に友だちをさらわれたの。わたしもつかまりそうだったの」

ステラは、暗やみに消えていく前に馬車の窓《まど》から見えたアガパンサスとオッティリーの青ざめた顔を思い出した。二人はどこだろう？　どうやって探《さが》したらいいの？

「ここまでは追いかけてこないだろう。だけど、先に進まなきゃ。行こう。頭に気をつけて」

ジョーは頭を下げ、曲がりくねったトンネルの水の中を歩く。広いトンネルに出たので、楽に立てるようになった。水の横にレンガのせまい通路がある。

「すごくすべりやすいから気をつけて。水にはまりたくないでしょ」

「わたしたち、どこにいるの？」

「下水道だよ。ウィルとおれはごみあさりなんだ。夜に探《さが》しに来る――」

ジョーは言葉を切って、ランタンをかかげて、後ろを見た。暗やみで何かが動いたので、三人は息を止めた。二つの緑色の目が光った。

「ネズミだ」

ジョーがささやいた。

「すごく大きいやつ」

ジョーはポケットに手をつっこんで、小石をひとつ取りだした。

「ぶつけてやる」

ジョーが小石を投げると、緑色の目は消えた。

「ここでは気をぬいちゃいけない」

ジョーは歩きながらいった。

「ネズミに気をつけて。それからごみハンターにも。だから、おれたち夜にここに来るんだ。ごみハンターは、ふつう、昼間に来るから。水にも気をつけなきゃ。特に雨のとき。すごく深くて流れが速くなるから、大急ぎで逃《に》げなきゃならないんだ」

三人は、水の上にかかった、ぬれたすべりやすい板をわたった。

「気をつけて」

ジョーはいやなにおいの水がもれている管《くだ》の下をくぐった。

下水道の壁《かべ》と壁のつなぎ目のレンガに、チョークで文字が書かれていた。ウィルが小声で読む。

「バロー通り。ドッグレッグ通り。サラマンカ通り。ファイブウェイズ」

「聞いた？」

ジョーがふりむいてステラにいった。

「ウィルはすごくかしこいんだ。ほんとに。学校に行ってるんだ。一週間六ペンスかかる。ウィルはなんでも勉強してる。読み書き。計算も早いんだ。大人になったら、ごみあさりはしない――先生になるんだ」

ウィルはうなずいた。

「そうだよ」

「ちゃんとした紳士《しんし》になって、おれたちに、夕食に魚料理やオイスターパイを食べさせてくれるんだ。それからアコヤガイのボタンのついた絹《きぬ》のスーツを着て歩きまわる」

ジョーは足を止めて、後ろの暗いトンネルを見た。

「あれはなんだろう？」

ランタンを持ちあげた。湾曲《わんきょく》した壁に三人の影《かげ》がそびえたつ。

「何かがついてきてる」

ステラはドキッとしてささやいた。

「ガブロ兄弟？」

ジョーは首をふった。

「ちがうと思う。でも、何かだ」

「フェッチみたいだ」

ウィルの声が少しふるえている。

「フェッチじゃないよ。なぜかって？　フェッチなんていないからさ。ウィルはもうフェッチなんか信じる年じゃないよ。たぶん、ネズミだ。もう行ってしまったよ。行こう。静かにね。もうすぐウェイクだ」

ジョーがいった。

三人はトンネルのはずれに来た。ジョーが足を止めて、暗い、音が反響《はんきょう》する空間に目をこらした。頭上のアーチを大きなレンガの柱が支《ささ》えている。大きな管《くだ》から水が流れてきて、静かに柱のまわりでさざ波を立て、ランタンの明かりでかがやき、べつの管に入っていった。水の横に、泥《どろ》の土手がある。

「ここがウェイクだよ」

ジョーがささやいた。

「行こう。ぜったいに音を立てないで。あたりに気をつけてね」

15

ジョーの家族

三人は壁《かべ》をおり、ジョーを先頭に泥《どろ》の上を歩いて、水ぎわに行った。

「昔は本物の川だったんだ。魚とかいた。けど、今はトンネルの中を流れてる」

ジョーが小声でいった。

暗やみで青白い明かりが動いている。泥の土手で、小さな人《ひと》影《かげ》たちが何か探《さが》しているのが見えた。それぞれが、ロウソクを持っている。

「ここに住んでいる人がいるの？」

ステラは聞いた。

「いや、ここは空気がよくないから、長くはいられないんだ。眠《ねむ》くなって、ないものが見えるようになる。あの子たちはごみあさりだよ。おれたちのように」

ジョーが枝《えだ》をひろっている小さな女の子に手をふると、女の子も手をふりかえした。

「ここには探しものに来るだけだ」

水ぎわに着くと、ジョーはランタンをかかげて、ゴミの山を見まわした。川の横に枝や、ぼろ布《ぬの》やぬれた紙がある。

「今、大通りの商店街の下にいる。探してるのは――」

ジョーはしゃがんで何かひろった。

「見て」

手をさしだした。泥だらけの手に小さなガラスのビーズが三つのっていた。

「青がふたつと赤がひとつ」

ジョーはささやいた。

「ビーズ?」

ステラは聞いた。

「上のすてきな帽子屋《ぼうしや》から来るんだ。雨のときに、流されてくる。おれたちはそれをひろって、姉ちゃんのリザがそれで花をつくって、おれが通りで売るんだ。緑と青と黄色はたくさんある」

ジョーはそのビーズを首にかけた小さな袋《ふくろ》に入れた。

「赤もある。紫《むらさき》はなかなか見つからない。銀色と金色のはほとんど見つからない」

ジョーはニコッとした。

「そういう色のビーズが見つかったら、夕食にオイスターパイを食べられる」

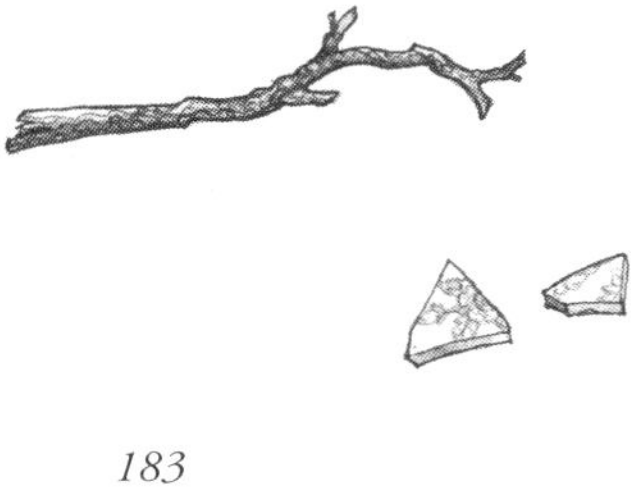

三人は水ぎわを歩いて泥《どろ》の中を探《さが》す。小さなビーズに明かりがあたってかがやいた。ステラが緑色のビーズを一つと黄色のビーズを三つ見つけてわたすと、ジョーは小さな袋《ふくろ》に入れた。ジョーとウィルは歩きながら落ちているごみを引っくりかえし、枝《えだ》、針金《はりがね》、くぎ、糸、タバコのすいがら、ロウソクなどをひろい、肩《かた》にかけたカバンに放りこんでいく。

ウィルが石炭《せきたん》のかけらを見つけ、うれしそうに声をあげて、カバンに入れた。

「シーッ。静かにしろ」

ジョーがささやいた。

泥の土手に川が静かに打ちよせている。油のういた黒い水の水面から蒸気《じょうき》があがった。ステラは用心深く歩いた。泥の中でブーツがギュッギュッと音を立てる。赤と青のビーズを一つずつ見つけた。ステラはあくびをして目をこすった。水のはしで何かが光った。明かりの前を何かが横切ったので見失ったが、また見つけた。小さくて、貝殻《かいがら》の内側のようにかがやいている。ステラはそれをひろった。

「これは何かしら？」

ジョーはそれをランタンの明かりで見て、にっこりしてささやいた。

「真珠《しんじゅ》。真珠だ。運がいい。ここにいるみんなが魚の夕食を食べられるくらいの価値《かち》がある」

ウィルが歓声《かんせい》をあげた。

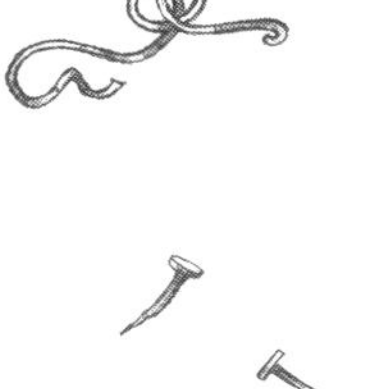

「静かに」

ジョーはささやいて、真珠《しんじゅ》をしんちょうに小さな袋《ふくろ》に入れて、袋をなでた。

「もっとあるかもしれないから、探《さが》して」

暗がりで何かが動いた。ステラは夢《ゆめ》に出てきた生き物を思い出してドキッとした。

「何かしら?」

指さしながらささやいた。

「またネズミだ」

ジョーはポケットから小石を出して、投げようと腕《うで》を後ろに引いた。

二つの緑色の目が光り、影《かげ》がよってきた。ステラはそれが何か気づくとジョーの腕をつかんだ。

「ネズミじゃないわ!」

小石はそれた。暗がりから縞《しま》ネコが姿《すがた》をあらわしてステラたちの方にやってくる。体がよごれていて、おこっているようだ。大きくニャーンと鳴いた。

「いったいネコがここで何をしてるんだ?」

ジョーがいった。

「わたしについてきたんだわ」

ネコはステラの足首にからみついた。ステラはかがんで、ネコのぬれた毛をなでる。

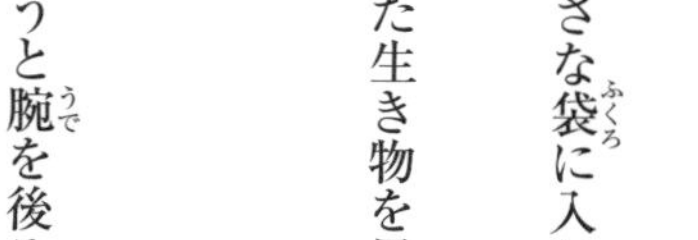
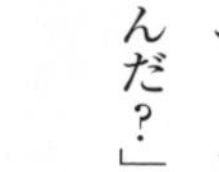

「きみのネコ？」

ジョーが聞いた。

「いいえ」

ステラがだきあげると、ネコはステラのあごに頭をおしつけて、耳をきつくかんだ。

「痛《いた》い」

ステラは耳をこすった。

「そういうわけではないの。ガブロ兄弟の一人から、わたしを助けてくれたの。頭にとびのって、目をひっかいたの」

「そんなことしたんだ」

ジョーがニコニコしながらネコをなでた。

「じゃあ、このネコを飼《か》わないと。名前はなんていうの？」

「飼えないわ。学校でネコを飼うことはゆるされていないの」

ステラは悲しそうにいった。ふと、時計が真夜中を打った直後に屋根の上でネコを見つけたことを思い出した。

「ミッドナイト。ミッドナイトという名前にするわ」

ネコはステラの肩《かた》によじのぼって、まるで厚手《あつで》のぬれた毛皮のえりまきのように、首の後ろに巻《ま》きついた。爪《つめ》をくいこませて、のどを鳴らす。

ジョーはまたネコをなでた。そのとき、急に体をこわばらせて耳をすませた。

「シーッ」

上流の大きな管《くだ》の口の方を見て、ささやいた。

カチカチという金属音《きんぞくおん》が響《ひび》いてきた。管の中でランタンの黄色い明かりがゆれ、水をてらした。泥《どろ》の土手にともっていた小さなロウソクがすべて消え、ごみあさりの子どもたちは静かに暗やみに消えていった。

「ごみハンターたちがウェイクにおりてくる」

ジョーはささやいてランタンのロウソクを消した。

「急いで。行くよ」

ジョーとウィルは急いで水からはなれ、泥の土手を歩いていく。ステラは、ブーツが泥にしずみこむので悪戦苦闘《あくせんくとう》しながら二人のあとについていった。暗いので二人の姿《すがた》がよく見えない。

「ごみハンターって?」

ステラが小声で聞いた。

「やつらは、ウェイクも下水道も自分たちのものだと思ってるんだ。特に上流を。もしおれたちが上流に行ったら、のどをかき切って水に放りこむとおどされてる」

ジョーはふりむいていった。

「そうはなりたくない」

ちょっと笑った。

「だから、急いで逃《に》げるんだ。行こう」

ステラが後ろを見ると、管から数人の背《せ》の高い人影《ひとかげ》があらわれた。水の中を歩いてくる。ランタンとおそろしげな金属《きんぞく》のフックがついた長い棒《ぼう》を持っている。

ミッドナイトが大きく鳴いた。

「シーッ」

ステラがいった。

ジョーはくずれかけた壁《かべ》をのぼり、手をのばしてウィルとステラを引きあげ、せまいトンネルに入った。

「急いで」

ジョーがささやいた。三人は身をかがめて、浅《あさ》い水の中を歩く。トンネルはのぼり坂になった。レンガの壁から水がしたたっている。ときどき、頭上の格子《こうし》からにぶい明かりが入ってくる。

「スパターズ通り」

ウィルがレンガにチョークで書かれた文字を小声で読んだ。

「フィッシュボーン・ヤード、ラーキング・クロス、ラットアレイ」

「家に着くよ。頭に気をつけて」

ジョーが鉄格子《てつごうし》のこわれた棒《ぼう》の間をくぐりぬけながらいった。さびたはしごがあった。ジョーとウィルはすばやくのぼる。ステラも、ミッドナイトを肩《かた》にのせたままそろそろとのぼる。下水道から出ると冷たい夜の空気をすいこみ、あたりを見まわした。ジョーとウィルは鉄のふたをもとにもどした。

三人はせまい道にいた。街路灯《がいろとう》の明かりがゆれて、あたりには黒い建物がそそりたっている。

「こっちだよ」

ジョーは道を進み、角《かど》を曲がって広場に出た。三人は階段《かいだん》をおりて、曲がりくねった裏道《うらみち》を歩く。ステラは必死でジョーとウィルについていく。入り口から入り、グラグラしてギシギシと音を立てる階段をのぼる。空気が重苦しくて汗《あせ》とほこりと煮《に》たキャベツのにおいがした。ドアの下から明かりがもれている。一つの部屋からうなるような声が聞こえ、とつぜんどなり声がした。

三人はべつの階段をのぼり、通路を歩き、また、はしごのようにせまい今にもこわれそうな階段をのぼった。ジョーがドアをおしあけた。

「着いたよ。入って」

小さな屋根裏部屋だった。部屋の片側《かたがわ》は、天井《てんじょう》が床《ゆか》までななめになっている。屋根のスレートのすきまにぼろ布《ぬの》がつめてある。壁《かべ》には新聞から切りぬいた写真がはってある。部屋の真ん中にベッドが一つあって、毛布《もうふ》や敷物《しきもの》をかけた下で二人の小さな女の子が眠《ねむ》っている。炉《ろ》には火が入っていない。年上の少女が、鉄の火よけの横にあるかたむいた小さなテーブルの前にすわり、ビーズで花をつくっていた。ロウソクの青白い炎《ほのお》がゆれている。とても寒かった。

ジョーが年上の少女を指さした。

「姉ちゃんのリザだよ。リザ、この子はステラ。ガブロ兄弟に追いかけられてたから、連れてきたんだ」

リザはほほえんだが、手を止めなかった。ジョーやウィルと同じようにワラ色の髪《かみ》の毛《け》だ。古いフェルトの帽子《ぼうし》をかぶり、つぎのあたった流行おくれの灰色《はいいろ》のコートを着て、毛糸のスカーフを巻《ま》き、肩《かた》に麻布《あさぬの》をかけている。テーブルの上にはかけた皿がならび、それぞれにちがう色のビーズとできあがった花が少し入っていて、ロウソクの明かりを受けて、キラキラとかがやいている。

リザの顔には傷《きず》があった。白っぽい青い目だ。目が見えないようだ。リザは緑色のビーズをいくつか通した針金《はりがね》を器用にねじり、小さなスイセンの葉をつくった。

「ステラのネコもいるよ。ミッドナイトって名前」

ジョーがいった。それから、ステラにテーブルの横にある木箱を指さした。

「ここにすわって」

ステラは腰《こし》かけた。眠《ねむ》いし、寒いし、体じゅうが痛《いた》かった。ミッドナイトはステラの首からおりて、ひざの上で丸まり、のどを鳴らした。ステラはミッドナイトのぬれた毛をなで、アガパンサスとオッティリーのことを考えた。今ごろ、うんと遠くにいるだろう。どうやって見つけたらいいの？

「何かあったの、ジョー？」

リザが聞いた。

「何もないよ。ごみハンターたちが来たけど、姿《すがた》を見られなかった。おれたちが見つけたものを見て、リザ」

ジョーはしんちょうに小さな袋《ふくろ》に入れていたビーズを皿にあけ、真珠《しんじゅ》をつまんでリザの手にのせた。

「ほら」

リザは真珠を指の間でころがし、歯でくわえて確《たし》かめるとニッコリした。

「真珠！　運がよかったわね」

笑いながらいった。

「ステラが見つけたんだ。運のいい子だよ」

ジョーがいった。

「ぬれたものをぬいで、何かにくるまって。かぜをひくわ。何かたきぎを見つけた？　パンは残っていないの。小さい子たちが泣いていたので、あげちゃった。でも、あなたたちのために少しスープを残してあるわ。水をたして――量がふえるから」

リザがいった。

「枝《えだ》を少しひろった。ウィルが大きな石炭《せきたん》を見つけたよ」

ジョーがいった。ジョーとウィルはカバンの中身を床《ゆか》にあけて、中身をよりわけ、ひとつかみの枝とひとかけの石炭を取り出し、炉《ろ》に入れて火をつけた。しけった枝はシュッと音を立てて湯気をあげると、炎《ほのお》があがった。ジョーはスズの水差しから鍋《なべ》に水を入れて火にかけた。

三人はぬれたコートをぬいで、部屋にわたしてあったひもにかけた。ジョーはベッドから毛布《もうふ》を持ってきて、ウィルの肩《かた》にかけた。

「ステラ、ブーツをぬいで。火のそばにおいたら少しはかわく」

ステラが、リザが小さな花をつくっているのを見ているので、ジョーは、説明した。

「リザは、大通りの帽子屋《ぼうしや》で見習いをしてたんだ。ビーズ細工を習っててすごくうまかったんだよ。でも事故《じこ》があって、やけどして目が見えなくなったんだ。それで、今は花をつくってる」

「とてもかわいいわ」

ステラはぬれたブーツのひもをほどき、ぬいだ。

リザはほほえんだ。スイセンの葉をカールさせ、ほかの花といっしょにおくと、べつの針金《はりがね》を持った。

ジョーは小さな火をつつき、ステラのブーツを火の横においた。そして、ウィルの横にすわると、見つけてきた小さなビーズをよりわけはじめた。

ジョーはビーズにつばをつけて、布《ぬの》きれでふきながら聞いた。

「ところで、どうしてガブロ兄弟に追いかけられてたの？」

「ガブロ兄弟は学校の友だちをさらったの。わたしたち、その子を助けようとしていたの」

「アスパラガス？　遊園地にいたきみの友だち？」

「あの子はアガパンサスよ。べつの友だち、オッティリー。ガブロ兄弟がさらっていったの」

ステラはつばを飲みこんだ。

「遊園地で見つけたのだけれど、ガブロ兄弟が追いかけてきたの。もうすぐ学校に着くというところで、またさらわれてしまったの。今度はアガパンサスもいっしょに。馬車におしこんで、走り去ってしまった」

ステラはつかれて、寒くて、とてもがっかりしていた。泣きたくなかったが、声がふるえてしまう。

「どこにいるのかわからない。どうしたらいいのかわからないの」

16

リザのアイデア

リザがいった。

「ガブロ兄弟はほんとうに悪人よ。きっと歩きはじめる前から大悪党《だいあくとう》だったと思うわ。だれかのために手をよごしてるみたいね。あなたの友だちに何をさせようとしているの？」

ステラは口ごもった。オッティリーがかんたんに鍵《かぎ》をあけられることを話していいのかどうかわからなかった。危険《きけん》な秘密《ひみつ》だ。

「オッティリーのママは鍵屋だったの。それで、ある紳士《しんし》が特別な鍵をあけさせるためにオッティリーのママを連れていったの。地下の入り口の鍵。何かが起こって、オッティリーのママはもどってこなかった。それで、ガブロ兄弟は、オッティリーもさらっていったの」

「その紳士はだれなの？」

リザが聞いた。

「わからない。よく顔を見なかったし」

ステラはこたえた。

「どんな馬車だった？　遊園地の馬車だった？」

ジョーが聞いた。

「ううん。紳士の乗る二頭立ての黒光りする大型《おおがた》馬車」

ステラは目をこすった。

「オッティリーたちをどこにでも連れていけるわ。どうやって見つけたらいいのかわからない」

「もうおそいわ。スープを飲んで少し眠《ねむ》りなさい。朝になったら、何が一番いいのか考えましょう」

リザがいった。ジョーは、火にかけた鍋《なべ》のふたを取って、中をのぞいた。

「熱くなったよ」

マントルピースからスズのマグカップを二つ取って、しんちょうにスープをそそぎ、一つをステラにわたした。ジョーはスープをひと口飲むと、マグカップをウィルにわたした。

「ありがとう」

ステラは冷たい手でマグカップを持つと、中身をすすった。ほとんどお湯の中にタマネギとジャガイモのきれはしがういていた。熱くて、ほっとする。ステラはスープを半分飲むと、ぬるくなった残りをミッドナイトにさしだした。ミッドナイトはマグカップの中に頭を入れて、のどを鳴らしながらスープをなめた。

リザが手をのばして、ミッドナイトをなでた。

「いい大きさね。ネコを飼《か》ってもいいわ。ハツカネズミならあまり気にしないのだけれど、ここには大きなドブネズミも来ることがあるの。小さい子たちが眠《ねむ》っている間にかじられないかと心配なの。それに、ゴキブリもいるわ。動きまわる音がするの」

「よかったら、飼って。わたしたち、学校でネコを飼うのを禁止《きんし》されているの」

ステラはいった。

リザが耳の間をかいてやると、ミッドナイトはリザの手に頭をおしつける。

「学校にいるのね？」

「ええ。ウェイクストーン・ホールに」

「それは運がいいわ。一日じゅう勉強して、毎日三食食べられるなんて」

リザはうらやましそうにいった。

ステラはため息をついた。学校にいられて幸運だと思うべきなのだ。けれど、学校にもどったときの罰《ばつ》を考えるとおそろしかった。ステラはあくびをして壁《かべ》に頭をよりかけた。小さな火は燃《も》えつきようとしていて、部屋はとても寒かった。ステラは体をふるわせた。

ジョーが立ちあがって、ベッドから敷物《しきもの》と毛布《もうふ》を持ってきた。

「リザと小さい子たちはあのベッドで眠るんだ。おれとウィルは床《ゆか》で眠る。きみも、ぼくたちの敷物で寝《ね》ていいよ」

「ありがとう」
ステラはいった。

リザがロウソクをふき消したあとも、ステラは暗やみの中で横たわったまま目をさまして、屋根にうちつける雨の音を聞いていた。足をあたためようと、こする。つま先が氷のように冷たい。横でウィルがモゴモゴと何かいい、寝返りをうった。小さな女の子の一人が眠りながらさけんだ。建物のどこかで足音がする。ドアがバタンと閉《し》まった。通りでだれかがどなった。

ステラはアガパンサスとオッティリーのことを考えた。どこにいるの？　二人に何が起こっているの？

横でミッドナイトが体を丸めてのどを鳴らしている。ステラはミッドナイトに腕《うで》をまわして、毛に顔をうずめた。ずいぶん時間がたってから、ステラはやっと眠った。

ステラはまた夢《ゆめ》を見た。とても寒かった。ステラはうたっていた。霧《きり》のかかった暗やみに小さな銀色の魚のように歌がおよぐ。ステラはつかれて、とてもおそろしかったが、うたうのをやめてはいけないことを知っていた。もし、うたうのをやめたら、何かおそろしいことが起こるだろう。横で青白い顔をした若《わか》い男性《だんせい》がこわれたハープをひいていた。ハープの弦《げん》からはほとんど音が出ず、その人の声はささやくようだ。

あたりは暗いが、かすかな緑色の明かりがうずまくようにただよっている。空気は氷のように冷たく、とても古い、ずっと前に死んだもののにおいがした。

ステラはうたい続ける。あたりの暗やみで影《かげ》のような生き物たちが羽ばたき、はいずる。

「ステラ!」

だれかに肩《かた》をゆすられた。目をあけると、日がさしていて、ジョーがニコニコしていた。

「起きて、朝だよ。眠《ねむ》りながらうたってたよ。夢を見てたんだね」

ジョーは新聞紙でくるんだものをあけた。

「パンだよ。焼きたてだ」

ジョーはみんなにパンをわたした。

ステラは体を起こした。体が冷えてこわばっている。まだ半分夢の中のような気がする。しのびよる霧を感じ、遠くの音楽が聞こえるような気がする。目をこすって、まばたきした。

「アニーとメイジーだよ」

ジョーが指さした。ベッドの上に小さな女の子が毛布《もうふ》にくるまって、ならんですわっている。二人は真剣《しんけん》な表情《ひょうじょう》でステラを見つめていた。二人ともやせて、青白い顔をして、細いワラ色の髪《かみ》の毛《け》をしている。ジョーはスズの水差しからマグカップにミルクをそそぎ、二人にわたすと、パンをほおばりながらいった。

「朝一番で、角《かど》の店のマックル夫人に真珠《しんじゅ》を持っていったら、六シリングくれたんだ。お金持ちになるっていっただろ」

ポケットからひとつかみの小銭《こぜに》を出してリザにわたす。リザは一枚《まい》ずつ硬貨《こうか》にさわりながら数え、首にかけている小さな袋《ふくろ》に入れた。

ジョーがいった。

「丸パンが一ダースとミルクが一パイントある。それにネコのために少し小魚を買ったよ。あと質屋《しちや》に入れてた

ブーツをみんな受けだしてきた。ウィル、今日は紳士《しんし》のように学校にブーツをはいていけるぞ」

ジョーはニコニコしながらウィルの髪《かみ》の毛《け》をグシャグシャにした。

「このりこうな子は何でも習ってくるんだ。それに今夜は魚が食べられる。貴族《きぞく》のように食事ができるんだ」

ステラはおなかがペコペコだった。パンはおいしかった。砂糖《さとう》がまぶしてあって、干《ほ》しブドウが入っていた。

ジョーは新聞紙につつんだ小さな魚を出してミッドナイトにやった。ミッドナイトは二口で食べてしまい、皿のミルクをなめ、ひげの手入れをした。

小さなアニーとメイジーはパンを食べ、マグカップに入ったミルクをこうたいで飲みながら、目を見開いてネコを見ている。アニーがおずおずと、人さし指でネコのしっぽをなでてほほえんだ。

ステラはオルゴールのことを思い出し、ポケットから出して二人に見せた。ねじを巻《ま》いてふたをあけると、鈴《すず》を鳴らすような悲し気な曲が部屋にあふれた。ぬれた葉に落ちる雨のような音だ。ステラはルナの歌を思い出した。少しの間、夢《ゆめ》で見た暗やみと緑色の明かりが見えた。

女の子たちは食べるのをやめて、口をあけたまま、うっとりとオルゴールの音楽を聞いている。オルゴールがゆっくりになった、止まると、リザがため息をついていった。

「とても美しい曲ね」

ジョーがオルゴールのすべすべした木に指をはわせ、からみあう花をたどる。

「だれがつくったの？」

「わからない。ママのものだったの」

これまでそんなことを考えたことがなかったが、オルゴールはママのために
つくられたにちがいない。名前がふたの上に模様《もよう》の一部になって銀色の文字で
ほってあるのだから。ペイシェンス。だれかが文字や葉や花や小さな銀色の星
や月をほったにちがいない。

「ウィル、学校におくれるわ」

リザは背中《せなか》をまっすぐにしていうと、新聞紙につつんだ丸パン一個《こ》と硬貨《こうか》を一枚《まい》わたした。

「お昼よ。あと、ミルク代の半ペニー。髪の毛をとかして、
顔を洗《あら》って。石けんを使ってね」

「ブーツをはくのをわすれるな」

ジョーがいった。

ステラは丸パンを食べ終わった。

「何をしたらいいのか考えていたの」

といって、口ごもる。

「警察《けいさつ》に行って、話したほうがいいと思う？　学校に送りかえされると思うと最悪だけれど、アガパンサスとオッティリーを見つけてくれるかもしれない」

「おれたち、ぜったいにおまわりになんかに話さないよ。救護院《きゅうごいん》に入れられることになる」

ジョーがいうと、リザがうなずいた。

「たぶん。アニーとメイジーはまちがいなくね。小さい子にはきついところよ。あたしたち、母さんが亡《な》くなったとき入れられたんだけど、あたしが働きはじめたから、みんなを引きとったの。警察はすぐにあたしたちを救護院に入れる。警察に話してはだめ。ぜったいに」

「じゃあ、どうしたらいいの？」

ステラは友だちを乗せて走りさり、暗やみに消えていった黒い馬車のことを考えた。

「どうやって見つけたらいいの？」

「ゆうべ、考えたの」

リザはミッドナイトをなでた。

「地下への入り口のこととか。とても奇妙《きみょう》じゃない？　だから、コーネリアス氏に会いに行くべきだと思うの。コーネリアス氏に話してお茶の葉に聞いてもらうの。ほんの一ペニーだから、あたしたちが出せるわ」

「いい考えだね」

ジョーがいった。それからステラに向かっていった。

「コーネリアス氏はなんでも知ってるんだ。すぐそこのコールドウォーター・コートに住んでる。ウィルに文字を教えてくれたし、学校にやれっていってくれた」

「あの人、こわいよ」

床《ゆか》にすわってブーツのひもを編《あ》んでいたウィルがいった。

「でも、コーネリアス氏は文字を教えてくれたし、一レッスン半ペニーにしてくれたわ。半ペニーがないときも、ここにむかえにきて教えてくれたでしょ。あんたはすぐに文字を覚えた」

リザがいうと、ウィルは顔をしかめた。

「みんな、コーネリアス氏は、人が何を考えているのかわかるといってる」

「もうそんな話を信じる年じゃないだろ」

ジョーがいった。

「コーネリアス氏はピアノを教えているし、お茶の葉を見て占《うらな》いをするの。それになんでも聞くの。みんなの話を全部。何も見のがさない。とてもかしこいの。何でも知っている。みんなが、コーネリアス氏の助言を聞きにいくの」

リザがいった。

「そうだよ。何でも知ってるんだ」

と、ジョー。

「ジョー、ステラをコーネリアス氏のところに連れていって。はい一ペニー」

リザはジョーに硬貨《こうか》をわたした。

「顔を洗《あら》って、髪《かみ》の毛《け》をとかして。ネコはここにおいていって、ステラ。コーネリアス氏は鳥を飼《か》っているから、ネコを連れていけないわ。あたしがめんどうをみてるから」

リザがミッドナイトの毛をなでると、ミッドナイトはのどを鳴らして、リザの耳に頭をおしつけた。

「あたしたち、なかよしになるわ。ジョー、おぎょうぎよくしてね。ごきげんよう、ありがとうございます、というのよ。コーネリアス氏の人柄《ひとがら》を知っているでしょ？」

ジョーはうなずいて立ちあがった。

「ステラ、連れてってあげるよ。でも、おれは外で待ってる。あの人、こわいから」

ステラはゴクリとつばを飲みこんだ。コーネリアス氏はガーネット校長よりおそろしいだろうか？　あるいはガブロ兄弟より？　それはありえないような気がする。

ステラは深呼吸《しんこきゅう》してドレスのポケットにオルゴールを入れた。それからコートを着て、しめったブーツをはき、ひもを編《あ》みあげた。

17

お茶の葉占い

ジョーはステラを連れて階段《かいだん》をおり、ぬかるんだ庭に行った。ポンプ式の水道とお手洗いがある。二人はひもにかけられた洗《せん》濯物《たくもの》をくぐっていく。お手洗いはよごれていたので、ステラは息を止めて、大急ぎで用をすませた。ジョーが水をくみあげて、ステラがかたい黄色の石けんで顔を洗うのを手伝ってくれた。ステラもこうたいで、ジョーのために水をくみあげた。ジョーは首をかしげてステラをジロジロ見ると、もう一度顔を洗わせた。

「コーネリアス氏はとてもきちょうめんなんだ」

ジョーは帽子《ぼうし》をぬいで、歯がかけたくしをポケットから出し、髪の毛を整えた。

「じゃあ行こう」

そういって帽子をかぶった。せまい通路をぬけ、ゆがんだ木の階段の下を通ると、広場があった。背《せ》の高いアパートの建物が肩《かた》をよせるようにたち、広場の中央にある排水溝《はいすいこう》を水が流れている。ニワトリが、おいしげった雑草《ざっそう》をつついている。女の人が二人、洗濯《せんたく》ひもに服をほしていた。少女たちが階段《かいだん》にすわって、せっせと小さな魚をよりわけている。

ジョーがステラにいった。

「小魚売りだよ。朝一番に市場で買ってきて、午後に通りで売るんだ。宿の裏口《うらぐち》とかで売って、日銭《ひぜに》をかせぐんだ。季節によってはオレンジを売ることもある。クレソンとか栗《くり》とかも。いい商売だけど、冬にはきついんだ」

二人はせまい通りを横切った。はだしの子どもたちが鉄格子《てつごうし》を棒《ぼう》でつついている。ジョーが手をふると、子どもたちも手をふった。曲がりくねった通りから、べつの広場に出た。人がたくさんいる。小さな男の子が数人と犬一ぴきがボールを取りあっていた。ジョーはそれをよけて歩き、壁《かべ》を指さした。外わくのついたきれいな看板《かんばん》がかかっている。

アレクサンダー・コーネリアス

ピアノ指導《しどう》

手紙の代書

占《うら》いと助言

4階

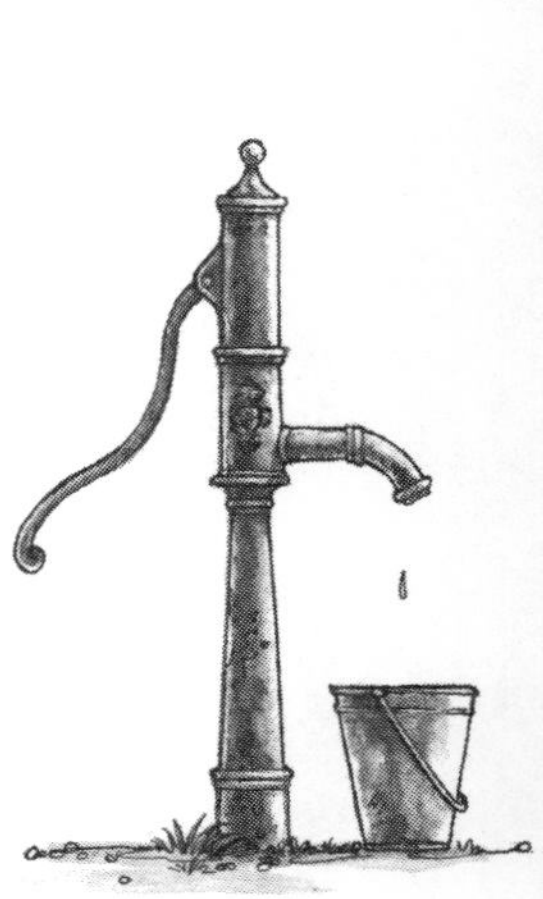

「こっちだよ」

ジョーがいった。建物に入り、暗いらせん階段《かいだん》をのぼる。湿気《しっけ》とキャベツと洗濯物のにおいがする。小さい女の子たちが踊《おど》り場《ば》にすわって動物の骨《ほね》でお手玉をしている。上の方からピアノの音がする。四階に行くと、ジョーは少しモジモジして、息をすいこみ、ドアをノックした。ピアノの音がやみ、声が聞こえた。

「入りなさい」

ジョーがドアをおしあけ、

「おはようございます、コーネリアス氏」

といって帽子《ぼうし》をぬいだ。

よごれ一つない小さな部屋だった。三方に窓《まど》があり、屋根や煙突《えんとつ》や雲が見える。よろい戸があいている。暗い階段をのぼってきたので、日の光がまぶしかった。床板《ゆかいた》がみがきこまれていて、いたるところに鳥がいる。スズメが鳴きながらマントルピースの上をはね、ピアノについたロウソク立ての上でカラスが鳴き、小さな時計の上にコマドリがとまっている。ジョーとステラがおずおずと入っていくと、小鳥たち

はいっせいに羽音を立てて、窓《まど》から飛んでいってしまった。

コーネリアス氏はピアノの前にすわっていた。やせて、年取っていて、すりきれてはいるが、ていねいにつくろわれた流行おくれの黒っぽいスーツを着ていた。頭の上にコクマルガラスがとまっている。つやのある黒い羽に、するどいくちばしのある美しい鳥だ。

「ああ、ジョセフ、おはよう。入りなさい」

コーネリアス氏が立ちあがると、コクマルガラスは落ちないよう翼《つばさ》をばたつかせた。

「ありがとうございます。おはよう、ニコラス」

ジョーはコクマルガラスに軽くうなずいた。

コクマルガラスは首を上下にふって、カーと鳴いた。

「ゆうべは幸運な出会いがあったようだね。喜ばしいことだ」

コーネリアス氏がいうと、ジョーはおどろいた顔をした。

「そ、そうです。ありがとうございます。小さな真珠《しんじゅ》を見つけました。ステラが見つけたんです。この子がステラです」

コーネリアス氏はするどい灰色《はいいろ》の目でステラを見つめた。ステラの記憶《きおく》を何かが引っぱる。コー

ネリアス氏に見覚えがあるような気がするが、初めて会うのは確《たし》かだ。けれど、だれかを思い出させる。

「たずねてきてくれてありがとう。すわりなさい」

コーネリアス氏がいった。二人が小さなテーブルの前にすわると、コーネリアス氏は反対側にすわり、ジョーに顔を向けた。

「エリザは元気かな？　妹たちは？」

「みんな元気です。ありがとうございます」

「ウィリアムは学校でどうしているかね？　一生けんめいに勉強していると思うが」

「はい。読み書きとか、なんでも習っています」

ジョーは心配そうに口ごもると、つけくわえた。

「ありがとうございます」

「それは喜ばしい。さて、今朝はどんなご用かな？」

ジョーはポケットからペニー硬貨《こうか》を取り出して、そっとテーブルにのせた。

「ステラは助言がほしいんです。それに占《うらな》いもお願いします」

ジョーはすばやく立ちあがった。

「おれ、外で待ってます」

と、コーネリアス氏におじぎをした。

「ごきげんよう。ありがとうございます」

ジョーはすばやく外に出て、ドアを閉《し》めた。

コーネリアス氏は笑みをうかべると、ステラに顔を向けた。コーネリアス氏に見つめられると、なにか落ちつかない気持ちになる。どうしてジョーがおどおどしたのかわかる。

「ようこそ、おじょうさん。話を聞いて、占《うらな》ってあげよう。わたしの助言が一ペニーの価値《かち》があると思ったら、はらってくれ。いいかね?」

ステラはうなずいた。

「はい。ありがとうございます」

ステラは思わずつばを飲みこんだ。

「助けてくださると願っています。どうしたらいいのかわからないのです」

「お茶を飲みなさい」

それは質問《しつもん》ではなかった。コーネリアス氏は立ちあがった。急に動いたのでニコラスが鳴いて、翼《つばさ》をばたつかせ、マントルピースに行ってとまった。コーネリアス氏は真鍮《しんちゅう》の水差しから水をやかんに入れ、暖炉《だんろ》の中の小さな火にかけた。陶器《とうき》のカップとソーサーを二客出し、缶《かん》からお茶を二さじすくうと、お寺や庭や小さな太鼓橋《たいこばし》の絵のついたティーポットに入れた。それから、パンくずを窓台《まどだい》にまいて、またすわった。

「話しておくれ」

ステラはモジモジした。

「少し複雑《ふくざつ》なんです」

頭の中で話すことを組み立てる。スズメが舞《ま》いおりてきて、窓台のパンくずをつつくのを見つめた。それから、息をすいこんで、学校に来てから起こったことをすべて話しはじめた。オッティリーが連れ去られたこと。オッティリーのメッセージを見つけて、アガパンサスと二人で助けようとしたが、ガーネット校長のアルバムにとじこめられたこと。またオッティリーがつかまって、ガブロ兄弟がアガパンサスもさらっていったこと。

コーネリアス氏は口をはさまずにじっと聞いていた。灰色《はいいろ》の目はステラの顔にそそがれたままだ。

「黒い馬車で連れさられたんです。紳士《しんし》の乗っている馬車で。今どこにいるのかわかりません」

「なんということだ。ひどい話だ。そいつらが、友だちに何をさせたいのかわかるかね?」

ステラはまた口ごもった。オッティリーの秘密《ひみつ》を話すべきだろうか?　ステラを見つめているコ

ーネリアス氏と目があった。信用してよさそうだ。それに、コーネリアス氏の助言が必要だ。ステラは息をすいこんで、小さな声で話しはじめた。

「オッティリーは鍵魔女《かぎまじょ》だといっていました。ふれるだけで、鍵をあけられるんです。この目で見たから確《たし》かです。鍵に手をのせたら、あいたんです」

「鍵魔女」

コーネリアス氏はおどろかなかった。

「危険《きけん》な才能《さいのう》だ。特に、まちがったことに使われやすい。名前は？　オッティリー――？」

「オッティリー・スミスです。オッティリーの母さんはここウェイクストーンで鍵屋をしていたそうです。オッティリーの母さんも鍵魔女でした。オッティリーの母さんはあの男たちにさらわれてもどってきませんでした。そして、今度はオッティリーがさらわれたんです」

コーネリアス氏は指でテーブルをたたいた。

「スミス。そうだ。その話を思い出した。一か月ぐらい前の話だ。当時はうわさになった。ここからあまりはなれていない市場のそばにあった鍵屋だ。ある晩《ばん》おそく出かけて、帰ってこなかった。警察《けいさつ》はてがかりをつかめなかった」

「オッティリーはとても悲しんでいました。学校でずっと泣いていました」

「そうだろうとも。かわいそうに」

「あの紳士《しんし》が地下の入り口の鍵をあけさせたがっている、とオッティリーがいっていました」

「地下の入り口」

コーネリアス氏はくりかえした。やかんのお湯がわくと、火からおろしてティーポットにそそいだ。考えこんでいるようで、だまってお茶をカップにそそぎ、ひとつのカップをステラにわたした。陶器《とうき》のカップはすきとおりそうなくらい、とてもうすくて、シダの模様《もよう》がついていた。

ステラはカップを持って、おそるおそる飲んだ。お茶は草と土の味がした。コーネリアス氏は自分のお茶をゆっくりと飲んだ。ステラはだまってすわったまま、あたりを見まわした。窓台《まどだい》のスズメたちが鳴いて羽をばたつかせた。壁《かべ》には絵はかかっていなかったが、ピアノの上に若《わか》い男性《だんせい》の写真を入れた額《がく》がおいてある。男性は石膏《せっこう》の柱によりかかっている。まじめな顔をしているが、口のはしが上に曲がっている。まるで、笑うのをこらえているかのようだ。ステラは写真を見つめた。初めてコーネリアス氏を見たときと同じような奇妙《きみょう》な感覚がした。見たことがあるような気がする。どこかで見たことがあるような気がするのだ。

とうとうコーネリアス氏がいった。

「知っているかもしれないが、何年も前にウェイクストーンの川の上に大きな店や倉庫や、大通りや美術館《びじゅつかん》広場ができた。川はまだ流れているが、地下のトンネルの中だ」

「見ました。ウェイクですね。ジョーが教えてくれました」

「わたしが子どものころ、ウェイクストーンは村で、ウェイクは生きた川だった。土手ぞいにヤナギの木やイグサが生えていた。一度カワセミを見たことがある。飛んでいくのをチラリと見ただけだが、空よりもあざやかな青だった。ぜったいにわすれない」

コーネリアス氏はほほえんだ。

「丘《おか》の下の美術館《びじゅつかん》広場があるところに、村の緑地広場があった。夏至《げし》には、緑地広場の川のそばのメイポール（花やリボンでかざった柱。五月のお祭りに使われる）のまわりで娘《むすめ》たちがダンスしたものだ」

コーネリアス氏はお茶をすすった。

「昔の話だ」

ステラはコーネリアス氏が少年だったころを想像《そうぞう》しようとしたが、できなかった。

「緑地広場のまわりには小さな家がたちならび、鍛冶屋《かじや》と宿が一軒《けん》ずつあった。みな、なくなってしまった。地下にうめられてしまったんだ」

「そこに地下の入り口があると思いますか？　うめられた村のどこかに？」

「可能性《かのうせい》がある。お茶の葉を見てみよう。教えてくれるはずだ」

ステラはお茶を飲みほした。コーネリアス氏はそのカップを持ち、三回まわして、ソーサーの上に裏《うら》がえしてのせた。お茶が流れ落ちるのを待ち、カップの中を見た。顔が無表情《むひょうじょう》だ。何か、遠くのものを見ているようだ。ステラに見えないものを。

「なんと出たのですか?」

コーネリアス氏はステラを見て、またカップに目をもどした。

カップをまわす。

「コーネリアス氏、教えてください。なんと出たのですか?」

ステラはドキドキしながら聞いた。

「危険《きけん》」

コーネリアス氏はうなずいた。

「残念ながら、まちがいない」

といってステラにカップをわたして、お茶の葉がかたまっているカップの底を指さした。ステラは息を飲んだ。お茶の葉はモンスターの形をしていた。翼《つばさ》と、指が細長い、長い腕《うで》がついている。

夢《ゆめ》の中に出てきた、あのおそろしい生き物だった。

18

フェッチ

ステラはティーカップの中のモンスターの形を見た。

「な、何？」

「フェッチだ。まちがいない。とてもはっきり見える」

「フェッチってなんですか？」

ステラが顔をしかめながらきくと、コーネリアス氏は口ごもり、やがていった。

「見たことがあるかね？」

ステラは首をふった。

「いいえ、実際《じっさい》にはありません。でも、夢《ゆめ》の中で見たことがあります。なんですか？」

「古い話に出てくる生き物だ。夜にフェッチが来て人間をさらって、地下に連れていくという。わたしが小さかったとき、祖母《そぼ》に、暗くなったら通りでうたってはいけないといわれたよ。フェッチが人の声にさそわれてくるから。夕方、笑ったり、大声を出したりした子どもたちの一人がふと気がついたらいなくなっていたという話を聞いた。今でも、だれかいなくなると、フェッチに連れ去られたといわれる。近頃《ちかごろ》、行方不明になる人が多いから、そういううわさが流れている」

ステラは心臓《しんぞう》がのどから飛びだしそうな気がした。ルナのことを考える。ルナはフェッチにさらわれたのだろうか？

「本当の話ですか？　それともただのお話？」

「信じている人間もまだいる」

「地下に連れていくって、どういう意味ですか？　地下には何があるんですか？」

「妖精《ようせい》は地下に、丘《おか》の中の空洞《くうどう》に住んでいると信じられていたものだ。かつてはそうだったのかもしれない。妖精やドラゴンや眠《ねむ》る兵士たち。ここウェイクストーンには巨人《きょじん》の城《しろ》の言い伝えがある。モンスターや宝物《たからもの》であふれていて、ウェイクストーンの丘の地下深くにある。山の王の城だ」

「巨人の城？　ただのおとぎ話ですよね」

「そのとおりだ。このような話は今でも子どもをこわがらせるために使われる。暗くなる前に帰らないと、フェッチにさらわれて、地下に連れていかれ、山の王に食べられてしまう、とね」

「そんなことうそだわ」

「たぶん」

しばらくしてコーネリアス氏はいった。

「昔は人間と妖精《ようせい》の間に行き来があったんだろう。人間の赤《あか》ん坊《ぼう》がさらわれて、かわりに妖精の赤ん坊が残された。子どもたちに魔法《まほう》がかけられて、地下に召使《めしつか》いとして連れていかれた。あるいは妖精が地上に来て恋《こい》に落ちた。だから、妖精の血を引く人間がいるんだ。ほんの少しの古い魔法。フ、フ、フェイとよばれることもあることは知っているね」

ステラはうなずいた。

コーネリアス氏は続けた。

「わたしたちは理解《りかい》しあえるはずだ。だが、人はこういう話をするのをきらう。それは分別のあることだともいえる。危険《きけん》がともなうからね。フェイはしばしば疑《うたが》いと不信をもってあつかわれた。秘密《ひみつ》にしておいたほうがいいこともある。友だちのオッティリーはもちろんこのことを知っていた」

ステラはまたうなずいた。そのとおりだと知っている。スピンドルウィード夫人《ふじん》がはげしい口調でいったことを思い出した。秘密にしておけば安全だ。

ステラはオッティリーのことを考えた。おばあちゃんのひいひいおばあちゃんが妖精だったので、鍵《かぎ》をあけることができるのだ。ウイザリング・バイ・シーにいた友だち、ベンのことも思い出した。インクを使って幻視《げんし》ができる。おばあちゃんにセルキー（伝説の生き物。アザラシ族）の血がまじっていたからだ。妖精の血が一滴《てき》まじった人たち。古い魔法の小さなしずく。

自分のように。そして、姉妹のルナのように。

ステラは、コーネリアス氏もフェイかどうか聞きたかったが、聞くのは失礼なような気がした。そのかわり、こう聞いた。

「あれは――？」

口ごもる。

「夢《ゆめ》で、わたしは地下にいた、と思います。暗くて、緑色の明かりがついていました。そして、わたしは――ええと、音楽が聞こえたんです。だれかがうたっていました」

「音楽？　妖精は音楽が好きだといわれている」

コーネリアス氏はしばらく考えた。

「わたしのひいおじいさんは音楽家だった。とても美しい音色でバイオリンをかなでたので、ある晩眠《ばんねむ》っているときに、妖精たちがやってきた。ひいおじいさんを深い森に連れていき、地下につながるドアから入れ、ひと晩じゅうバイオリンをひかせて、ダンスしたんだ。朝になると、ひいおじいさんは家にもどってきた。家族は大喜びした。だが、ひいおじいさんは妖精たちと、ひと晩だけすごしたはずだったのに、わたしたちの世界では、一年がすぎていた。みんな、ひいおじいさんが亡《な》くなったと思っていたのだ」

コーネリアス氏はほほえんだ。

「わたしのおばあさんがよく話していたうわさ話がある。夜中にウェイクストーンの丘《おか》の頂上《ちょうじょう》にのぼって、草に横たわって、地面に耳をつけると、音楽が聞こえるのだそうだ。ずっと下の山の王の城《しろ》から」

コーネリアス氏はまたほほえんだ。

「わたしには、それを実行する勇気はないがね」

ステラはそれらの話を信じていいかどうかわからなかった。ティーカップの底の生き物の形を見つめて、体をふるわせた。

「わたしの友だちはどこにいると思いますか？　地下？　二人に何かおそろしいことが起こったのではないかと思います」

窓《まど》の外の灰色《はいいろ》の雲や屋根や煙突《えんとつ》を見る。

「どこかにいると思うのですが、どこから探《さが》したらいいのかわかりません」

「だれかが鍵魔女《かぎまじょ》に地下のドアをあけさせようとしたという話と、お茶の葉にフェッチが見えたことで、こう考えられる。だれかが、閉《し》めておいたほうがいいドアをあけようとしている。もしフェッチがうろついているのなら、ドアはすでにあけられたにちがいない」

コーネリアス氏がいった。

「でも、どうして？　どうして、そんなことをしたい人がいるんですか？」

「好奇心《こうきしん》。欲《よく》、かもしれない。地下に宝物《たからもの》があるとうわさされているから、欲ばりな人間がそれを見つけたいのかもしれない。昼のあとに夜が来るほど、まちがいないことだ」

ステラはしばらく考えて、聞いた。

「もしそうなら、わたしはどうしたらいいと思いますか?」

コーネリアス氏は首をふった。

「どうすべきか、教えることはできない。自分で決めなければならないんだ。危険《きけん》であることは確《たし》かだがね」

コーネリアス氏は口ごもった。

「時として、正しい道は最も困難《こんなん》な道だ」

ステラはうなずいた。

「手を見せてごらん」

ステラが手を出すと、コーネリアス氏はその手を取って、じっと手のひらを見た。指や手の甲《こう》も見る。

「ここに力がある。やさしさ、勇気も」

ステラの手のひらの線をたどる。

「ふたごが見える。きみにとって、何か重要な意味があるかな?」

ステラはまたうなずいたが、何もいわなかった。

コーネリアス氏はステラの顔を見た。

ステラはつばを飲みこみ、また聞いた。

「どうすればいいのですか？　どうやって友だちを見つけたらいいの？　助けなきゃ」

コーネリアス氏はほほえんだ。

「だれにも未来は見えない。自分の決断《けつだん》で未来は決まるんだ。だが、決意さえあるなら、この手に手がかりを見ることができる」

コーネリアス氏はステラの手のひらに人さし指をのせた。

「どういう意味ですか――？」

ステラは言葉を切った。取っ手に重い彫刻《ちょうこく》がほどこされた銀色の杖《つえ》を思い出したのだ。

「わたし、紳士《しんし》の散歩用の杖でガブロ兄弟の一人をなぐったんです。そしたら、その兄弟はその杖を庭をかこむ塀《へい》の向こうに放り投げたんです」

コーネリアス氏はうなずいた。

「友だちを見つけたいのなら、その杖を見つけなさい」

「はい、わかりました。ありがとうございます」

「ほかに聞きたいことはあるかな？」

ステラは首をふった。何をすべきかわかったのだ。

「一ペニーはらう価値《かち》のある助言をえたと思うかね？」

ステラはうなずいた。

「はい。ありがとうございます」

コーネリアス氏は何かいいかけて、口ごもった。しばらくしていった。

「気をつけなさい」

コクマルガラスのニコラスはマントルピースの上でうとうとしていたが、目をさましてカーと鳴き、テーブルに舞《ま》いおりた。ペニー硬貨《こうか》をくわえ、マントルピースにもどって、小さな箱にチャリンと落とした。


ジョーとステラが階段《かいだん》をおりていると、またコーネリアス氏がピアノをひいている音が上から流れてきた。

ジョーはふりむいてステラを見た。

「あの人、こわいっていったろ。何か教えてくれた？」

「ええ」

ステラは散歩用の杖《つえ》のことを話した。

「あの紳士《しんし》のものなの。ガブロ兄弟が庭をかこむ塀《へい》ごしに放り投げたの。もどって、探《さが》さないと」

「かんたんだよ。おれ、手伝う」

「大通りの角《かど》、学校のそばにあるの。わたし、学校のだれかに見られたら大変なの。あるいはガブロ兄弟が探しに来たら」

「ごみあさりのかっこうをさせてあげるよ。だれにも気づかれない」

ジョーはにっこりした。


屋根裏《やねうら》部屋にもどると、ステラはリザにコーネリアス氏に助言されたことを教えた。リザは花をつくる手を止めないでいった。

「あたしのコートを着ていって。ネコの世話はしてあげるから」

といって、ベッドの方に首をふった。妹たちがミッドナイトと遊んでいる。

「あたしたち、なかよしになったのよ。ミッドナイトはすばらしいハンターだわ。もうネズミをつかまえて、食べちゃったの」

妹たちは、そうそうとうなずいた。

ステラは自分のコートをぬいで、リザのコートを着た。生地《きじ》はうすくて、つぎがあたっていて、ひざまでとどいた。

「ありがとう」

ステラはそでをまくった。ミッドナイトが丸めた新聞紙にとびついている。それを見ている妹たちに目をやり、口ごもった。それから、小さな声でいった。

「コーネリアス氏は、わたしのお茶の葉の中にフェッチを見たの」

「フェッチ！」

リザはおどろいた。

「そんなものいないよ」

ジョーがいった。

「わからないわよ、ジョー」

リザは声を落とした。

「コーネリアス氏の孫息子《まごむすこ》がフェッチにさらわれたとうわさされているわ」

「そんな話を信じちゃいけないよ、リザ。行方不明になる人はいつでもいる。フェッチがさらったということではない。先週、市場でタマネギを売っていたクルックバック・コートに住んでる女の子がいなくなった。だれかについていったようだ。それに、何週間か前にごみあさりの子が二人いなくなったんだ。みんな、フェッチにさらわれたといってるけど、おれ、ごみハンターにさらわれたと思う」

ジョーがいうと、リザは肩《かた》をすくめていった。

「コーネリアス氏の孫息子《まごむすこ》は音楽家だったと聞いたわ。ハープを通りで演奏《えんそう》していたみたい。あと、ダンスとかのときも。ある日、フェッチにさらわれて地下に連れていかれた。みんながそういっているわ。だからコーネリアス氏はあの部屋にいるの。孫息子が帰ってくるのを待っているの。十年以上も待っている」

ステラはコーネリアス氏の部屋にあったハンサムな若《わか》い男性《だんせい》の写真を思い出した。もう帰ってこない孫息子を何年も待っているのだとしたら、悲しいはずだ。

ジョーはステラの帽子《ぼうし》をつぶしている。

「昔は妖精《ようせい》とかフェッチとかいたかもしれないけど、今はいないよ」

もう一度帽子をたたいて、ステラにわたした。ペシャンコになって、もとの形がわからない。ステラは帽子をかぶった。

「全然ちがって見えるよ」

ジョーはにっこりした。

「ほら」

ジョーは灰《はい》に指をつっこんで、ステラのほおにこすりつけた。

「ごみあさりに見える」

「幸運を祈《いの》るわ」

リザが手をさしだしたので、ステラはそれをにぎっていった。

「助けてくれてありがとう」

リザはしばらくステラの手をぎゅっとにぎった。

「気をつけてね」

19

ガーネット氏の店

ジョーはステラを連れて、迷路《めいろ》のようなせまい路地や広場を行く。安アパートの前を通りすぎ、倉庫の裏《うら》を歩く。二人はにぎやかな大通りに出た。霧雨《きりさめ》がふっている。大型《おおがた》や小型の馬車や乗合馬車が水たまりの水をはねあげる。二人は大通りの大きな店がならぶ前を人ごみをぬって歩く。アガパンサスとオッティリーがさらわれた場所に来た。

「ここで杖《つえ》を投げこんだの」

ステラは庭をかこむ高い塀《へい》を指さした。

「向こう側に行けるよ。かんたんだ」

ジョーは古ぼけたレンガを見ながらいった。

「横に行けばだれにも見られない」

ジョーは角《かど》を曲がって、静かな通りに行った。塀を上から下まで見る。あたりにだれもいない。

「行こう」

ジョーはすばやく塀をのぼった。塀の上にまたがり、ステラに手をさしだす。ステラはのぼりはじめた。リザの長いコートが少しじゃまになったが、のぼるのはそんなにむずかしくなかった。レンガのすきまにブーツのつま先をかけ、指でつかむ。ジョーが手をつかんで、塀の上にのせてくれた。よろい戸を閉《し》めた大きな家が見える。塀の下には花壇《かだん》があって、冬の植物が不規則《ふきそく》にのびている。

「急いで」

ジョーがささやいた。二人は花壇にとびおりた。ジョーは用心深く家を見る。

「家にはだれもいない、と思う」

二人は塀にそって庭のすみを歩き、のびほうだいの菜園に来た。列になって植えられたタマネギ、芽キャベツ、育ちすぎたキャベツ、それに雑草《ざっそう》がはびこっている。

「どのへんに投げたと思う？」

ジョーがささやいた。

ステラは塀を見あげて昨夜《さくや》のことを思い出そうとした。

「あのへん、だと思う」

と、指さした。

二人は雑草をかきわけて、杖を探《さが》しはじめた。ジョーは大きなリーキがかたまって生えているあたりを探している。ステラは葉がギザギザの、大きな、枯《か》れたアーティチョークのあたりをしんちょうに探した。散歩用の杖は見あたらない。

「ここではないね。たぶん、だれかがもう見つけたんだ」

ジョーがいった。

ステラはまた塀《へい》を見あげた。

「あっちかもしれない。あるいは――」

そのとき、頭上の木の枝《えだ》に引っかかっている杖《つえ》が見えた。ステラは指さした。

「見て！　あそこよ」

「おれが、おろすよ」

ジョーは石をひろって、力いっぱい投げた。石のあたった枝はゆれたが、杖は落ちない。石が落ちて、キュウリを育てている温室のガラスが割《わ》れた。家の中で犬が鳴きはじめた。

「大変！　急いで！」

ステラがいった。

ジョーはもうひとつ石をひろって、投げた。杖は木から落ちて、キャベツの中に落ちた。ステラはかけよって、杖をひろう。

家の横から、小さな茶色と白の犬がはげしくほえながらかけだしてきて、ジョーにかみつこうとした。ジョーは塀によじのぼる。犬は向きを変えてステラを追いかける。ステラはキャベツのまわりを走り、タマネギ畑をぬける。息を切らしながら塀にかけより、杖をジョーにわたすと、塀をよじのぼりはじめた。犬に足首をかまれ、悲鳴をあげた。コートをくわえられて、ステラはドサッと音を立てて地面に落ちた。犬はうなり、ステラの三《み》つ編《あ》みの片方《かたほう》をくわえた。

「ステラ！　急いで！」

ジョーが手をのばした。

ステラは犬をふりきって立ちあがり、また塀をのぼりはじめた。ジョーの手をつかむと、塀の上にのせてくれた。

小さな犬はジャンプしてほえる。

家の横からがっしりした、年取った男の人が出てきて、くわえていたパイプを口から取った。

「なにごとだ？」

「行こう」

ジョーは通りを見おろしてささやいた。

「うわっ」

下では、傘《かさ》を持った二人の女性《じょせい》がおしゃべりに夢中《むちゅう》になっている。

「行こう。走る準備《じゅんび》をして」

ジョーがささやいた。

子どもが二人、塀からとびおりてきたので、女性たちはおどろいた。一人の女性が悲鳴をあげ、ジョーを傘《かさ》でたたこうとした。

「急いで」

二人は大通りを全速力で走る。馬車とミルクを乗せた荷車の間をかけぬけると、馬車の馬がいないて後ろ足で立った。どなり声と割《わ》れたミルクびんの立てる音が聞こえる。ステラはスピードをあげて路地に入るジョーについていく。生地《きじ》をおろしていた荷車をよけ、角《かど》を曲がって裏道《うらみち》に入った。ジョーはあえぎながら、笑っていた。あたりを見まわし、おなかをかかえて塀《へい》によりかかる。

「はあ。もうだめかと思った。手に入れたものを見てみよう」

二人は杖《つえ》をよく見た。黒檀製《こくたんせい》で、上と下に銀板が巻《ま》いてある。重い銀の持ち手には、うず巻き模《も》様《よう》がついている。持ち手には文字がほってある。装飾的《そうしょくてき》な曲線文字なので読みにくいし、ところどころ銀がはげ、使いこまれて木がてかてかしている。ステラは指で文字をたどりながら、ジョーのために声に出して読んだ。

「職人《しょくにん》組合の会員四十年を記念して。

ウェイクストーン、ランタン通り、
タデウス・ガーネット殿《どの》に贈《おく》る。

……ガーネット氏」

ステラはおどろいた。

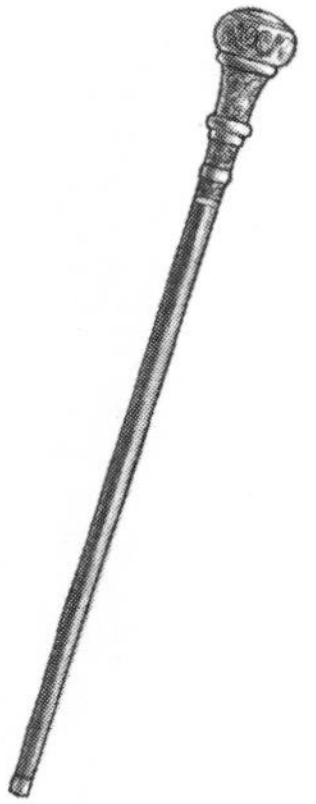

「だれなの？　知ってるの？」

ジョーが聞いた。

「いいえ。でも、だれだかわかるわ。見たことがある。うちの学校のガーネット校長の弟さん」

「きみの友だちをさらったのは、その人だと思う？」

「たぶん。ランタン通りってどこかわかる？」

「美術館《びじゅつかん》の裏にある小さな通りだよ。本屋とかのある」

ステラはその通りを覚えていた。おととい、その本屋を見た。

「行ってみましょう」

「いいよ。行こう」


ジョーは杖をふりながら、曲がりくねった裏道を進む。美術館広場に出て、噴水《ふんすい》を通りすぎ、美術館の裏にまわった。

ランタン通りはせまい、玉石を敷《し》いた道だった。片側《かたがわ》は美術館の建物で陰《かげ》になり、反対側にはウエイクストーンの丘《おか》の急斜面《きゅうしゃめん》がある。二人はしんちょうに、ならんだ小さな店を見ながら、歩いた。

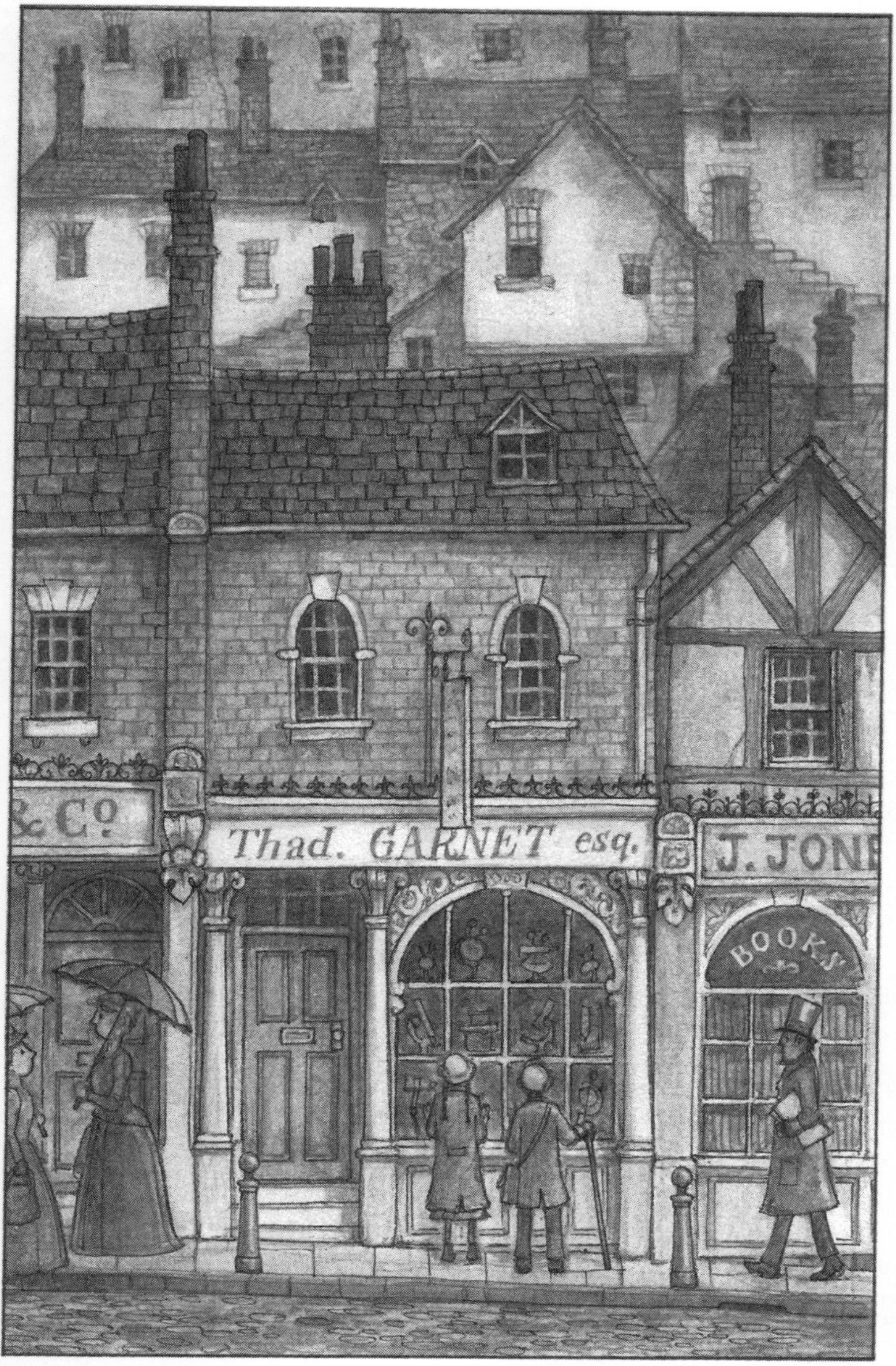
&Co
Thad. GARNET esq.
J. JONE
BOOKS

本屋を二軒《けん》と古銭《こせん》を売る店を通りすぎた。次の店のウィンドウには貝殻《かいがら》、サンゴ、化石がたくさんならべてある。二人はその店をのぞきこむと、先に進んだ。地図と印刷物《いんさつぶつ》を売る店があり、また本屋があった。

「見て」

ステラはぶらさがっている、すてきな金の文字で書いた看板《かんばん》を指さした。ジョーのために読んであげる。

「タデウス・ガーネット、職人《しょくにん》組合会員。科学の道具と機械装置《きかいそうち》」

店のウィンドウには顕微鏡《けんびきょう》や望遠鏡や温度計、それにステラが知らない複雑《ふくざつ》な道具がおいてあった。

棚《たな》に小さなカードがたてかけてある。閉店《へいてん》。ステラはドアをあけようとしたが、鍵《かぎ》がかかっていた。ノックしたが、だれも出てこない。

ジョーが顔の前に手をあてて、ウィンドウをのぞいた。それから後ろにさがって、二階の窓《まど》を見あげた。

「裏《うら》にまわってみよう」

通りの少し先に店の裏の通りに行くせまい道があった。裏の通りを歩きながら、ジョーがドアの数をかぞえ、足を止めた。

「ここだ」

二人はそっと門をあけた。小さな庭に銅製《どうせい》のボイラーとお手洗《てあら》いがある。レンガを敷《し》いた小道を歩いて、店の裏口《うらぐち》に行く。ジョーがノックし、ドアノブに手をかけてみた。ドアがあいたので静かに口笛をふく。

「入る？」

と聞かれて、ステラは不安そうにうなずいた。

二人はしのび足で中に入り、ジョーがそっとドアを閉《し》めた。少しの間、二人は立ち止まって耳をすませた。時計が時をきざむ音と上から低い声が聞こえる。

ジョーは散歩用の杖《つえ》を剣《けん》のように持つ。二人はタイルを敷いたせまい廊下《ろうか》を足音をしのばせて歩いた。せまい台所と階段《かいだん》の前を通り、店に出た。壁《かべ》に棚《たな》があり、科学の道具がならんでいる。カウンターの後ろには作業台があり、ここにも道具がきれいにならんでいる。箱や、ねじや釘《くぎ》や歯車を入れたびんがある。顕微鏡《けんびきょう》がバラバラになっている。カチカチ、ワーと音を立てながら地球儀《ちきゅうぎ》がゆっくりまわり、そのまわりをビー玉ぐらいの小さな月がまわっている。針金《はりがね》でできたせんさいなケージには、本物の羽に黒いビーズの目の小鳥が入っていた。真鍮《しんちゅう》と象牙《ぞうげ》でできた小さな機械じ

かけのワニが近くにある。ジョーがそれに指先でふれると動きだし、二歩進んで口をあけたので、おどろいてとびのいた。

　チリンチリンと鐘《かね》の音が聞こえたので二人はドキッとした。ふりむくと、時計の小さなとびらがあいた。そこから機械じかけのクモが出てきて、小さな銀色のハエにとびかかり、また中に入っていった。時計のとびらがしまった。

　カウンターの後ろのすみには机《つくえ》があって、本が積みあがり、紙のたばや、空《から》のコーヒーカップが数客と食べかけの食事がのっていた。ステラはしのび足で机まで行ってすばやく紙をめくった。アガパンサスとオッティリーの居場所《いばしょ》の手がかりが書いてあるかと思ったが、ちんぷんかんぷんの数字や図がかいてあるだけだ。ステラは古い革表紙《かわびょうし》の本を手に取った。

『不思議な地下』。ページをめくったが、理解《りかい》できない言語で書いてあった。不明瞭《ふめいりょう》な小さな絵を見て、不安な気持ちにさせられた。ステラはふるえて、その本を閉《と》じた。

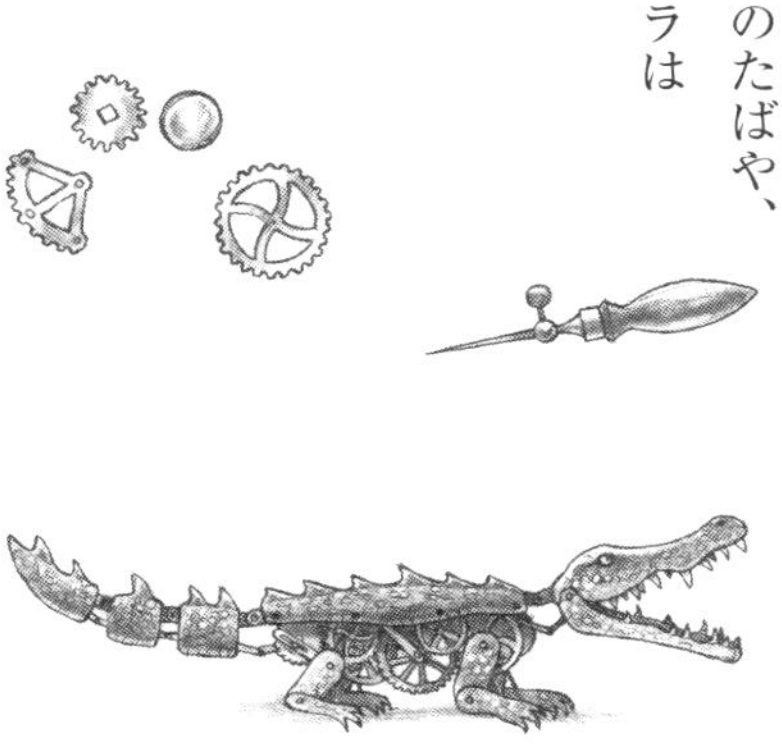

机《つくえ》の片側《かたがわ》に大きな巻《ま》いた紙があった。ステラはすばやく入り口に目をやり、巻いた紙をひろげた。しばらくして、ささやいた。

「ジョー、これを見て」

ジョーがそばにくる。皿にのっていたチーズサンドイッチをひと口食べた。

「地図だ」

ほおばったまま、いった。

「町の地図。まるで半分に切ったみたいじゃない？　ここがわたしたちがいるランタン通り。ここが遊園地がある丘《おか》。すぐ後ろだわ。ここが美術館《びじゅつかん》」

ステラは指さした。

「ここが美術館のメインギャラリー。でも、見て」

ステラは顔をしかめた。

「その下に階があるの。倉庫、と書いてあるわ。そして、その下にも、もっとある。基礎《きそ》部分。見て」

ステラは美術館の下にアーチ型《がた》の柱がならんでいて、地面に深くささっているのを指さした。

「これ何？」

ジョーが聞いた。地図の余白《よはく》に数字がたくさん書いてあり、数字の横にえんぴつで線が引いてある。

ステラは指で線をなぞった。線は美術館の一番下の階、美術館広場の下でいっしょになっている。

「ここに何かあるのよ」

ステラはささやいた。

「わたしたち、ぜったいに――」

「シーッ」

ジョーがステラの腕《うで》をつかんだ。

上の階のドアが音を立ててあいた。声と足音が階段《かいだん》をおりてくる。

逃《に》げるひまがない。ステラは地図を巻き、ジョーはサンドイッチをポケットにつっこんだ。二人は机の下にもぐりこみ、息をひそめた。

20

タフィーの包み紙

男が部屋に入ってきた。ステラとジョーがかくれている机《つくえ》の下からは、足しか見えない。黒っぽいズボンに、こうたくのある黒いブーツをはいている。男が話した。聞き覚えのある、ガーネット氏の油のような声だ。

「何度もいったでしょう、ドルシラ、何も知りませんよ」

女が部屋に入ってきた。スカートのすそが床《ゆか》についている。ガーネット校長だった。

「信じませんよ。あなたがうそをいっているときはわかります、タデウス。子どものころから。わたしは、自分の評判《ひょうばん》に傷《きず》がつく危険《きけん》をおかして、生徒を一人連れていくのを許可《きょか》しました。それなのに、もう二人行方不明になっています。あの子たちをどうしたのですか?」

「さっきもいったように、何も知りませんよ。あの子には親類はいないといったじゃないですか。あなたの大事な評判に傷はつきません」

「あの子は孤児《こじ》で、親類はいません。いなくなっても、だれも気にしません。けれど、ほかの二人は良家の子女です。ご家族に手紙を書かなければなりません」

「その必要がありますか？　そいつらはかってに出て行ったんですよ。考えてください、ドルシラ。もう寮費《りょうひ》はもらってある。そして、二人分食事が少なくてすむ。もし帰ってこなかったら、熱病で死んだことにすればいい。あるいは、下水に落ちたとか。この世は危険《きけん》な場所です」

ガーネット氏は短く笑った。

「とても悲しいことです、といえばいい。悲劇《ひげき》だと」

「ふざけないで、タデウス。スキャンダルで学校に傷がつきます」

「たいしたことありません。あと数日で、わたしたちはあなたが想像《そうぞう》するよりずっと金持ちになる。それにくらべたら、そんなのは微々《びび》たる心配です。ドルシラ、わたしはこの小さな町で、顕微鏡《けんびきょう》の修理《しゅうり》をしてすごすつもりはありません。野望があるのです」

ガーネット校長は鼻を鳴らした。

「いつもそういいますね。どうしてもあの二人の生徒のことを知らないというのなら、わたしは警《けい》察《さつ》に行かなければなりません」

とつぜん、ガーネット氏の声が氷のように冷たくなった。

「それはまちがいです」

ガーネット氏は校長に近よって何かをしたが、ステラからは見えなかった。ガーネット校長が苦しそうにあえいだ。

「だめです。警察《けいさつ》にかぎまわられるわけにはいきません。何年もかけてここまで来たんです。信じてください。わたしたちは大金持ちになります。あなたにじゃまさせるわけにはいかない」

「弟よ、あなたなんか、こわくありません」

ガーネット校長はガーネット氏から身を引いた。

「子どものころからあなたはよこしまで、信用できませんでした。あなたは、変わっていません。夜までにいい知らせがなければ、何があっても警察に行きます。必ず」

校長は部屋から出ていった。しばらくして、裏口《うらぐち》のドアが音を立てて閉《し》まった。

ステラは体のしんが冷たくなったのを感じた。校長がおそろしい弟に、学校からオッティリーをさらうことをゆるすなんて。いなくなっても、だれも気にしません、といった。かわいそうなオッティリー。どこにいるの？　それにアガパンサスはどこ？　ガーネット氏は二人をどうしたのだろう？

ガーネット氏はしばらくの間、ブツブツつぶやきながら部屋の中を歩きまわり、何かを持ちあげたり、おいたりしていたが、やがて出ていった。廊下《ろうか》を歩く足音がする。鍵《かぎ》をまわす音がした。カチッと音がし、ちょうつがいがキーッと音を立てた。下に行く足音が聞こえ、静かになった。

少ししてジョーが机《つくえ》の下からはいだして散歩用の杖《つえ》をにぎり、逃《に》げる用意をしながら、カウンターのあたりをのぞいた。それからステラに手まねきしてささやいた。

「行っちゃったよ」

廊下にはだれもいなかった。二人はしのび足で裏口に行き、ジョーがドアノブをまわしてみた。

「鍵がかかってる」

「見て」

ステラが指さした。

階段《かいだん》の下にドアがあって、わずかにあいていた。もしちゃんと閉まっていたら、羽目板の一部だと思って、二人は気がつかなかっただろう。ステラはそっとドアをあけた。木の階段が地下室につながっている。

ステラはつばを飲みこんでささやいた。

「無理していっしょに来なくてもいいのよ」

「行くよ」

ジョーは心を決めて杖をしっかりにぎった。

二人は足音をしのばせて階段をおりる。

地下室は暗くて、だれもいなかった。ジョーはカバンの中をかきまわして、小さなロウソクランタンを取り出した。

マッチをすって火をつける。明かりがつくと、部屋のすみにある低いアーチ型《がた》の入り口が見えた。入ってみると、せまいトンネルだった。上でガラガラという音がした。

「道路の下にいるんだと思う」

ジョーがささやいた。

トンネルの短い坂をおりると、レンガの壁《かべ》につきあたった。レンガがいくつか取りのぞかれて、穴《あな》があいている。二人はかがんで、穴に入った。

ジョーはランタンをかかげた。

「ひええ」

二人の上にそびえているのは、大きなはく製《せい》のヘラジカと、体は人間で頭はおこった顔をした鳥の巨大《きょだい》な石像《せきぞう》だった。積みかさねた木箱や箱や包みがずっと先の暗やみまで続いている。ガーネット氏もそれ以外の人も見あたらない。

「ここ、美術館《びじゅつかん》だと思うわ。地下の。倉庫、と地図に書いてあった。さらに、この下に階があるの。きっと、ガーネット氏はそこに行ったのよ。下に行く道を探《さが》さないと」

ステラがささやいた。

二人はしのび足で、ワラのつまった大きな木箱やロープをかけた箱や、外国語で書かれたラベルがはられたトランクの前を通った。大きなトカゲの骸骨《がいこつ》の下をくぐる。

「すごい歯だ！」

ジョーが小声でいった。

二人は先に進む。大きな木箱から緑色の液体《えきたい》がもれて、床《ゆか》に水たまりをつくっていたので、二人はこわごわとうかいした。残忍《ざんにん》な巨人の首を持ったはだかの男性《だんせい》の大理石像の前を通る。その先にはホッキョクグマのはく製、やりや剣《けん》の大きなたば、積みあげられたさびた兜《かぶと》があった。

「こちらに行ってみましょう」

ステラがささやいた。

二人は数組のよろいをまわりこみ、角《かど》を曲がって、来た方向にもどった。ステラは足を止めて、見まわした。

「迷子《まいご》になったの？」

ジョーが聞いた。

「いいえ」

ステラは自信なさそうにいった。二人は木箱の間を通り、巨大《きょだい》な魚のあご骨《ぼね》のそばをすりぬけた。床《ゆか》の上で何かが光った。ステラがひろうと、それは銀色のタフィーの包み紙だった。

「アガパンサス！」

ステラはささやいた。

その先で、二人はべつの包み紙をひろった。床に目をこらしながら先を急ぐ。ジョーが陰《かげ》になったところで、光る包み紙をもう一枚《まい》、さらにもう一枚見つけた。

その少し先で、ステラがべつの包み紙を見つけた。暗やみを見まわしてさけぶ。

「アガパンサス！　ここにいるの？」

近くで、ドスンという音と、くぐもった悲鳴が聞こえた。

「アガパンサス！」

ジョーがさけんだ。

「アガパンサス！」

ステラもさけぶ。

またドスンという音が聞こえた。

「この木箱の後ろだ」

ジョーがいった。

ジョーはランタンと散歩用の杖《つえ》を下におき、二人で思い切り木箱をおした。木箱は床をこする音を立てて、動いた。後ろに木製《もくせい》のチェスト（衣類などを入れる大型の収納箱）があった。鍵《かぎ》がかかっている。ジョーはあたりを見まわした。そんなに遠くないところに、さびた武器《ぶき》の山がある。ジョーは大きな、そりかえった剣《けん》を取り、刃先《はさき》をチェストのふたにさしこみ、剣をねじった。鍵がこわれた。二人はチェストのふたをあけた。

中にアガパンサスが横たわっていた。体を丸め、ハンカチで口をふさがれ、手は後ろにしばられている。ステラはハンカチをほどき、ジョーは剣を使って、手をしばっているロープを切った。

アガパンサスは息をすいこんで、ふるえながら体を起こした。

「見つけてくださったのね！」
アガパンサはチェストから出て、ステラをだきしめた。
「だれにも聞こえないから、さけんでもむだだといわれましたの。もちろん、ずっとさけんでおりましたが、ハンカチのせいで音を出せませんでした。ハンカチは古い肉汁《にくじゅう》のにおいがして、気持ち悪くなりましたわ。思い切りけとばしてみましたが、だれも来ませんでしたの。何時間もとじこめられておりました」
「タフィーの包み紙をたどってきたの。ジョーといっしょに。ジョーを覚えているかしら？　遊園地で会った」

アガパンサスはジョーをサッとだいて、またステラをだいた。

「わたくしが落としましたの。だれかが見つけてくれるかもしれないと思いまして。でも、本当に見つけてくださると思いませんでした」

アガパンサスは目をこすった。

「おそろしかったです。だれも来ないと思いました。あの男は、ガーネット校長の弟です。ごぞんじでした？」

ステラとジョーはうなずいた。ステラがいった。

「ガーネット校長が、あの人にオッティリーを連れていかせたの。いなくてもだれも気にしない、といったの」

アガパンサスは顔をしかめた。

「本当にひどいですわ。校長先生はおそろしい方です。弟もおそろしい人です。二ひきのいやな年取ったカエルみたいですわ。二人をチェストにとじこめてやりたいです。クモをたくさん入れてやります。クモとカニを。ところで何か食べ物を持っていらっしゃらないですよね？　おなかがすいて死にそうですわ」

ジョーはニヤッと笑うと、ポケットからサンドイッチの残りを出してアガパンサスにあげた。

「チーズだよ」

アガパンサスはサンドイッチをガツガツと三口で食べ、ほおばったままいう。

「ありがとうございます」

「オッティリーはどこ？」

ステラが聞いた。

「地下に連れていかれました。わたくしも連れていかれそうになったのですが、けとばしたりして逃《に》げようとしたので、ガーネット氏はガブロ兄弟にわたくしをしばりあげさせてここにおいていきました。だれもわたくしの死体さえ見つけられないだろうといって笑いましたの」

アガパンサスは身をふるわせた。

「笑ったのですよ」

ステラはアガパンサスの腕《うで》をなでた。

「わたしたちが見つけたわ」

アガパンサスはうなずき、息をすいこんでいった。

「オッティリーを見つけなければ」

「どちらの方向に行ったの？」

ステラが聞いた。

「こちらですわ」

アガパンサスは小さなランタンを持って、木箱の間を歩き、角《かど》をいくつか曲がった。キバが曲がった毛むくじゃらの巨大《きょだい》なはく製《せい》のゾウの横で足を止めたが、また歩きはじめた。

「ここです。ごらんになって」

積みあげた木箱の後ろのすみにドアがあった。表示《ひょうじ》がある。入室禁止《きんし》。鍵《かぎ》がこわれていて、ドアがあいていた。閉《し》まらないように、こわれた像《ぞう》の足をつっかえ棒《ぼう》にしてある。

「ここからオッティリーは連れていかれたのです」

アガパンサスはドアをさらにあけようと、ランタンをジョーにわたした。

「オッティリーは行くのをいやがりました。泣いていましたわ」

ジョーが小さなランタンをかかげた。さびた鉄のはしごが下の暗やみに向かってのびている。下から冷気があがってくる。

「下に何があるかわかる?」

ステラが聞くと、アガパンサスは首をふった。

ステラは不安そうにつばを飲みこむと、

「行ってみましょう」

といって、はしごをおりはじめた。

21

美術館の地下

三人は美術館《びじゅつかん》の基礎《きそ》部分に向かってどんどんおりていく。はしごをおりると、ジョーがランタンをかかげ、三人はあたりを見まわした。頭上の暗がりに、巨大なレンガの柱がのびている。チョロチョロと水の流れる音と遠くの声が聞こえる。

地面はでこぼこで、傾斜《けいしゃ》していた。三人はしんちょうに坂をおりる。

「あれを見て」

ジョーが立ち止まって指さした。

「なんですの？」

アガパンサスが聞いた。

「見て。通りじゃないか？」

ステラにはジョーのいっていることがわかった。三人は玉石の上を歩いていた。通りの中央に排水溝《はいすいこう》がある。三人は小道を歩き、またジョーが立ち止まった。

「あれは店だ。木と、あれは宿。見て」

ジョーはならんでいるくずれかけた建物を指さした。窓《まど》は暗

くて人影《ひとかげ》はない。ぶらさがった鎖《くさり》にくさった板がついている。もとは宿の看板《かんばん》だったのだろう。たおれた木の青白いねじれた根がランタンの明かりで光った。

「うめられた村だわ」

ステラがささやいた。

「なんのことですの？」

アガパンサスが聞いた。

村を歩きながら、ステラはコーネリアス氏に聞いた話を教えた。鍛冶屋《かじや》や、数軒《けん》のくずれた家の前を通りすぎる。

「村をうめて美術館《びじゅつかん》広場や大通りぞいに大きなお店をつくったそうよ。ここは村の緑地広場だったにちがいないわ。それに川」

三人は土手の上で立ち止まり、水を見た。くずれた石橋の残っている部分でさざ波をたてながら、静かに流れ、巨大《きょだい》な鉄管《てっかん》に流れこんでいた。

「ウェイクだ。でも、おれたち、こんなに上流まで来たことがなかった」

ジョーがいった。

「なんです――？」

「シーッ」

ジョーがアガパンサスをさえぎった。声が近づいてくる。黄色いランタンの明かりが見える。

「ごみハンターたちだ。急げ」

ジョーはささやくとロウソクをふき消し、三人はあわてて土手をおりて橋の下にしゃがみこんだ。

二人の男が欄干《らんかん》によりかかって、水を見おろした。ランタンと、はしにするどいフックのついた長い棒《ぼう》を持っている。

「ここには何もねえ。いっただろう」

一人の男がいった。

「何か聞こえたんだ。声だ。それに明かりも見えた。ごみあさりのガキどもだと思う」

一人目の男が笑った。

「ごみあさりたちは、こんなとこまで来ねえぜ。ガキ二人の頭をたたいてやったから、ほかのやつらはびびってる。まちがいねえ」

二人目の男は声をひそめて、肩《かた》ごしに親指を向けた。

「ところで、あの人は何をしてるんだ？　地面をほっくりかえして。ふつうじゃねえ。おれたちはモグラじゃねえんだ」

その男は後ろを見てささやいた。

「歌のようなもんが聞こえた気がした。ずっと下のほうから。ガキのころ、ばあちゃんに話を聞かされた――」

一人目の男がゲラゲラ笑いだした。

「まともなことを考えろ。丘《おか》の斜面《しゃめん》にでっかい穴《あな》をほれといわれたら、おれたちはほって金をもらうんだ」

男はまた笑った。

「穴ほりは終わったから、あとは、だれかがウェイクに来ないか見はってるだけだ。もしだれか来たら、のどをかっ切ってやる。行くぜ」

二人の男は土手をおりて、川に入っていった。

ステラ、ジョー、アガパンサスはしゃがんだまま石のように身じろぎもせず、男たちが管《くだ》の中に姿《すがた》を消すまで見ていた。それから足音をしのばせて土手にのぼり、橋をわたった。

川の向こう岸ものぼり坂になっていた。三人は陰《かげ》にかくれるようにレンガの柱の間をこっそりと進む。前方ににぶい光が見えた。三人はできるだけ足音を立てずに近づくと、くずれた石壁《いしかべ》の後ろにしゃがんで、のぞいた。

三人がかくれている場所のすぐ下は、土がほりかえされて、巨大《きょだい》なボウルのようになっている。

あたりに割《わ》れた岩や石が積みあげられている。ボウルの底にはトンネルの入り口がぽっかりと黒い口をあけていた。

ガブロ兄弟の三人が石にすわって、トンネルの入り口を見はっていた。新聞紙に包んだウナギのゼリー寄《よ》せを食べている。

「あのトンネルの中にオッティリーはいるのでしょうか？」

アガパンサスがささやいた。

「たぶん」

ステラがいった。

「あの前を通れないよ」

と、ジョー。

「気をそらすことはできますわ。わたくしたちのうち二人を追いかけている間に、一人が中に入ってオッティリーを探《さが》すのです」

アガパンサスが小声でいうと、ジョーは肩《かた》をすくめた。

「いいかも。だけど、つかまったらやだな」

三人はガブロ兄弟をしばらくの間見つめていた。ランタンの明かりで、兄弟の影《かげ》がモンスターのようにそそり立つ。兄弟の一人が歯のすき間から指の爪《つめ》で何かをほじくり出し放り投げた。

ステラは息をすいこみ、

「わたしが行くわ」

おずおずといった。心臓《しんぞう》がドキドキする。

「あそこを通れるのはわたしだけだから」

「どうやって？」

アガパンサスが聞いた。

「こうやって」

ステラはもう一度息をすいこんで、体を消した。いつも起こるめまいがした。アガパンサスとジョーがおどろいて口をあんぐりとあけている。ステラはまた姿《すがた》を現《あらわ》した。体がふるえている。

「だから、わたしが行かなきゃ。透明《とうめい》になって、あそこを通れるわ」

アガパンサスとジョーはおどろいた顔をしている。

「すごいですわ」

しばらくして、アガパンサスがささやいた。

「どうやってやったの？」

ジョーが聞いた。

「実は……」

ステラは気まずかった。

「実は、わたしはフェイなの」

そう、声に出していうのが奇妙《きみょう》な気がした。ステラは二人と目を合わせなかった。

「だから、トンネルに入ってオッティリーがいるかどうか見てくるわ」

「本気ですか？」

アガパンサスが聞いたので、ステラはうなずいた。

「もし、わたしが出てこなかったら――」

アガパンサスはステラの手をにぎった。

「もし出てこなかったら、わたくしたちが助けにまいります」

「ぜったい行くよ」

ジョーもうなずいた。

ステラは二人をだいた。それから、気が変わる前に、息をすいこんで、また姿を消す。めまいがして、姿が見えなくなった。

ステラは立ちあがって、石壁《いしかべ》をのりこえ、坂をおりてガブロ兄弟のいるトンネルの入り口に向かう。ソロソロと一歩ずつおりていく。半分ぐらいまで行ったところで、足がすべって小石が動いた。下でガブロ兄弟の一人が立ちあがった。

「なんだ?」

ランタンをかかげた。するどい目が坂を見ている。

ステラはしばらく待った。それから、さらにしんちょうに進んだ。坂をおりると、しのび足で兄弟に近づき、間をすりぬける。手がふれそうなくらい近くだ。においがする。古い肉汁《にくじゅう》とウナギと汗《あせ》のまじったにおい。兄弟がものをかんでいる音が聞こえる。ランタンを持った兄弟が急に動いて、ステラの体をかすった。

「なんだったんだ?」

目を丸くしてふりむいた。

ステラを見つめている。兄弟の目にランタンの光が反射《はんしゃ》しているのと、ウナギのゼリー寄《よ》せがあごひげについているのが見える。心臓《しんぞう》が早鐘《はやがね》を打っている。きっと兄弟に聞こえるだろう。

「何も見えないぜ」

「けど、何かを感じたんだ」

兄弟は持っていたウナギのゼリー寄せを口に放りこみ、かみながら、手をのばした。ずんぐりした指がステラの頭のすぐ上をつかむ。ステラはしゃがんでよけた。

「気のせいだ」

べつの兄弟がいった。

「ここに長くいすぎたから、変なものが見えるんだ。おどかすなよ。ウサギみたいにとびあがったぜ」

「おまえたちは、あのおそろしいものがバンシーみたいにほえてるのを聞かなかっただろ」

一番目の兄弟がトンネルの入り口を肩《かた》ごしに見た。

「きもったまがひえたぞ」

「すわって、夕めしを食べな」

ステラは足音を立てずに通りすぎ、トンネルの中におりていった。せまくて、とても暗くて、急傾斜《きゅうけいしゃ》になっていた。落ちている岩をのりこえながら、手探《てさぐ》りでしんちょうに進む。少し行くとトンネルが広くなっていた。フックにランタンがぶらさがっている。ランタンの明かりで巨大《きょだい》な両開きの青銅《せいどう》のドアが見えた。とても古いもので、さびがつき、男の人のこぶしぐらいの大きさの鋲《びょう》かざりがついていた。鋲の間には曲線模様《もよう》と、奇妙《きみょう》な、目つきの悪い半分人間のようなものの顔の絵がかいてある。ドアは体をすべりこませられるくらいだけあいている。

ステラは戸口でまよったが、中をのぞきこんだ。空気がどんよりしていて、寒く、古い物のにおいがした。弱い緑色の光がゆれ、うず巻《ま》き、動いている。夢《ゆめ》の中で見た光だ。かすかに歌声が聞こえるような気がする。

「ルナ？」

ステラはささやいた。

近くでくぐもった音がしたのでとびあがって、ふりむいた。小さな人影《ひとかげ》が体を丸めてドアによりかかっている。オッティリーだった。だきしめたひざに頭をつけている。

ステラは姿《すがた》が見えるようにし、ふるえながら息をすいこんでひざまずくと、ささやいた。

「オッティリー！」

オッティリーが顔をあげた。学校のお手洗《てあら》いの床板《ゆかいた》の下にかくしていた小さなウサギの人形をにぎっている。

「ステラ！　ステラなのね」

オッティリーはステラの手をにぎった。手が冷たくて、ふるえている。

「だいじょうぶ？」

「す、すごく、こわかった」

オッティリーの顔をなみだがこぼれる。

「どうやってここがわかったの？」

「ガーネット氏のあとをつけたの。アガパンサスを見つけたわ。アガパンサスがここへ来る道を教えてくれたの」

ステラはオッティリーの横にすわって、肩《かた》をだいた。

「何が起こったの？」

「あたし、あけたくなかったの」

オッティリーが小声でいう。

「いやだった。でもあの男に無理やりあけさせられたの。鍵《かぎ》はかかったままにしたがってた。あたし、感じるの」

オッティリーはふるえる手をのばして、ドアに指先をふれた。

「とても古いの。ガーネット氏は、あ、あたしの母さんにあけさせたの。母さんをここにとじこめて、入りたいときはいつでも鍵をあけさせたの。でも、あるとき、モ、モンスターが出てきて、母さんをさらっていったの。地下に」

オッティリーはのどをつまらせた。

「ガーネット氏がそういった」

「フェッチ」

ステラはいって、オッティリーの肩をなでた。

「ガーネット氏は、あたしがいうことをきかなかったら、ここにおきざりにして、モンスターに連れていかせるといって、笑ったの」

「ガーネット氏は何をしているの？　今、どこにいるの？」

「中に行った。宝物《たからもの》を探《さが》してるんだと思う。重いカバンを持ってる」

「あなた、とても勇かんだったわね。わたしたち、あなたを助けにきたの」

ステラは言葉を切った。

「――でも、わたしも地下に行かなければならないと思う」

「お、お願い、行かないで」

オッティリーがいった。

「行かなければならないの。夢《ゆめ》を見たの」

ステラはまた言葉を切った。

「ある人が地下にいると思うの。見つけて、可能《かのう》なら、助けないと」

オッティリーはほとんど聞き取れないような声でいった。

「でも……あたしの、か、母さんもまだいると思う――?」

「ごめんなさい。わからないわ」

オッティリーはくちびるをかんだ。

「あたし、母さんは死んだと思ってた」

しばらくして、ささやいた。

「あたしもいっしょに行く」

「とても危険《きけん》よ。ガーネット氏が地下にいるわ。フェッチも。それに、たぶん山の王も。山の王は巨人《きょじん》だそうよ。

「うん、わかってる。ほかにどんなものがいるか」

「でも、もしかしたら……。それに、こ、ここで一人で待ってるのは、と、とてもおそろしかった。すごくこわかった」

「本気？」

ステラが聞いた。

オッティリーは立ちあがった。手で顔をふき、ふるえながら息をすると、うなずいた。ウサギの人形をポケットに入れる。

「本気だよ」

ステラは立ちあがるとオッティリーの手を取り、巨大な両開きのドアを通って暗やみに入っていった。

22

地下世界へ

ステラとオッティリーは巨大《きょだい》な洞窟《どうくつ》にいた。どれだけ大きいのかわからなかった——天井《てんじょう》は高くて暗がりにかくれている。小さな緑色の光がただよい、ホタルのように移動《いどう》し、うず巻《ま》いている。くずれた石の間に、とうの昔に枯《か》れた、ねじれた木の根がある。とても寒かった。

ステラはコーネリアス氏からフェッチについて聞いたことを思い出した——声に引きよせられる。

「音を出さないようにしなければならないわ」

ステラがささやくと、オッティリーはうなずいた。

二人は音が反響《はんきょう》する洞窟をしのび足で歩き、巨大な穴《あな》のはずれに来た。地面がなくなっている。それをのぞきこんで、ステラは胃がひっくり返る気がした。まるで、深い谷底をのぞいているようだ。地面のはしで石の階段《かいだん》が暗やみに向かってらせん状《じょう》におりている。

ずっと下の暗やみで、何かがはいずる音や羽ばたく音が聞こえる。地下深くからいななくようなほえ声が聞こえる。

ステラはつばを飲みこみ、ささやいた。

「まだ引きかえせるわ。そのほうが安全だと思う」

オッティリーの顔は真っ青だが、首をふった。

「本気？」

ステラがもう一度聞くと、オッティリーはうなずいた。

二人は階段《かいだん》をおりはじめた。できるだけ壁《かべ》にくっついておりる。らせん階段がひと回りするごとに柱やアーチ型《がた》の入り口を通過《つうか》する。ぽっかりとあいた暗やみから、何かを食べているようなガリガリ、ビチャビチャという音が聞こえる。オッティリーがくぐもった悲鳴をあげ、二人は足音をしのばせてすばやく通りすぎた。

壁は石でできていた。ところどころに見たこともない生き物がきざまれている。目に色のついた宝石《ほうせき》がはめられているものもあるし、穴《あな》になっているものもある。宝石がぬき取られたのだ。

また歌声が聞こえたので、ステラは息を止めた。歌声は下からこだましてくる。小さな銀色の魚のように、歌が泳いであがってくるような気がする。

影《かげ》が飛びすぎ、翼《つばさ》のはためきを感じた。

ランタンの明かりが見えた。弱いカチカチという音がした。二人はさらに用心深く進む。

ガーネット氏が階段の上にしゃがんで、ペンチで石にきざまれた彫刻《ちょうこく》を割《わ》って、壁から宝石をえぐりとっている。革《かわ》の手袋《てぶくろ》をはめ、黒っぽい色のレンズのついた大きな真鍮《しんちゅう》のゴーグルをしている。かがやく赤い石を持ちあげ、ランタンの明かりにてらして見ると、肩《かた》にかけたふくらんだカバンに入れた。

そのまわりでまるで明かりに引きよせられるように、影がゆれたり集まったりしているように見える。暗やみから何かが飛びだしてきた。ガーネット氏はゴーグルを調節し、横についた真鍮のねじを動かし、飛び去る大きなものを見た。

ステラとオッティリーはおどろいてかくれた。

ガーネット氏がふりむいて、二人を見た。

「ここで何をしているんだ?」

ゴーグルをいじった。ランタンの明かりがあたるとレンズが黄色くなった。

「わたしの発明だ。ほかの人間に見えないものが見える。特に、ここで」

というと、ステラたちにむかってきた。

ステラとオッティリーは、階段をのぼる。

ガーネット氏の手がものすごい速さでのびて、

ステラの腕《うで》をつかんだ。カチッとするどい音がして、革《かわ》の手袋《てぶくろ》から真鍮《しんちゅう》の爪《つめ》が出てきた。

「これも発明した」

ステラはもがいたが、がっちりとつかまれて逃《に》げられない。真鍮の爪が腕にくいこみ、悲鳴をあげた。

「ステラをはなして」

オッティリーがガーネット氏の腕をつかんだが、ふりはらわれた。オッティリーがたおれると、ガーネット氏は笑った。声が反響《はんきょう》する。暗やみでいななくような音がした。影《かげ》のようなものがガーネット氏の後ろにじりじりとせまっているようだ。

ガーネット氏はステラを歯がガチガチするほどゆさぶった。

「わたしの発明だ。わたしは金持ちになる。めそめそ泣く女生徒にじゃまされない。鍵魔女《かぎまじょ》は必要だが、おまえに用はない。まったく」

ガーネット氏はステラを階段《かいだん》のはしに引きずっていった。ステラはもがき、体をよじり、自由になろうとするが、がっしりとつかまれている。

「どうやってここまで来たのか知らないが、もどる道は見つけられないぞ」

ガーネット氏はステラをかかえあげ、はしから投げた。

ステラは悲鳴をあげる。落ちるとき、なんとか階段のはしにあるくずれかけた石につかまった。

足が宙《ちゅう》にぶらさがる。ステラは必死で石にしがみつき、おそろしさに悲鳴をあげた。

ずっと下の暗やみで何かがほえた。

ガーネット氏の強力な真鍮の爪がステラの指を一本ずつはがしはじめる。おそろしさに、心臓《しんぞう》がねじれる。また悲鳴をあげた。

下から青白いものが飛んできた。長い腕と紙のような翼《つばさ》の背中《せなか》の曲がった生き物だ。髪《かみ》の毛《け》がひと房《ふさ》ついているが目はない。細長い指が何かをつかむように空中をかきむしる。

ガーネット氏はののしりながらあとずさった。フェッチが頭上を旋回《せんかい》する間、ステラは石にしがみついていた。

とつぜん、フェッチが急降下《きゅうこうか》した。

ガーネット氏がさけんだ。フェッチに首のあたりをつかまれ、足が階段をはなれた。もがきながら、またさけんだ。フェッチはガーネット氏をがっしりとつかんでほえると、下の暗やみに飛びこみ、姿《すがた》が見えなくなった。下から悲鳴のこだまがぶくぶくとあがってくる。

オッティリーは急いでステラにかけよって腕をつかんで引きあげた。二人は階段のはしからはなれ、壁《かべ》ぎわにしゃがみこんだ。

ステラはふるえている。

「だいじょうぶ？」

オッティリーがささやいた。

「ええ」

ステラは気を失いそうな気がした。

「たぶん」

指に切り《き》傷《きず》やあざができている。ガーネット氏の真鍮《しんちゅう》の爪《つめ》でコートのそでがやぶれ、腕《うで》から血が出ていた。

オッティリーの顔は真っ青で、目を見開いている。

「おそろしかった」

と、ささやいた。

「ええ。本当に」

ステラはつばを飲みこんだが、しばらくして聞いた。

「まだ、先に行きたい?」

オッティリーはまよっていたが、うなずいた。

「ステラも?」

ステラはふるえながら息をすいこんだ。

「ええ」

二人は立ちあがった。ステラはジョーが下水道でネズミに投げる石を集めていたことを思い出し、床《ゆか》に落ちていた小石をひとつかみポケットに入れた。それからオッティリーの手をつかんで、階段《かいだん》をおりはじめた。

帯のような霧《きり》がユラユラとただよっているので、よく見えない。二人は霧のかかったにぶい明かりでかがやいている、色のうすいキノコの前を通った。ステラはめまいがした。よどんだ水と古い、死んだもののいやなにおいがする。あたりは氷のように寒い。

とうとう階段をおりきると、大きな部屋に出た。壁《かべ》には複雑《ふくざつ》な模様《もよう》がほられ、かがやく石がはめこまれている。ねじれた柱が天井《てんじょう》までのびている。光がただよい、奇妙《きみょう》な、ぶきみな明かりを投げかけている。

歌声が大きくなった。歌詞《かし》はなく、高い、ささやくような声だ。美しく悲し気な、木からヒラヒラと落ちる葉のような声。歌声はうず巻《ま》き、こだまするので、どちらの方向から聞こえてくるのか判断《はんだん》できない。

頭上で小さな羽ばたくものがグルグルまわり、シュッ、チッと音を立てる。ステラは息を飲み、オッティリーの手を取って中に入ると、角《かど》を曲がった。しばらくして外をのぞいてみると、正体のわからない生き物はいなくなっていた。

二人は暗い入り口や階段を通りすぎる。階段は、さらに地下に続いていた。何かが動いたので柱の後ろにかくれると、青白い生き物がはいずっていった。ぬるぬるした長い体で、たくさんの足がついている。目のない顔を左右にふる。二人はそれが行きすぎるまで待ち、それからしのび足で、ネズミのように音を立てずに暗がりをすりぬける。

とつぜん、通路に雷《かみなり》のような音がひびきわたった。

ステラはビクッとし、オッティリーは小さくさけび声をあげてステラの腕《うで》にしがみついた。

「あ、あれは、何？」

「わからない」

ステラはささやくと、オッティリーの手をにぎりしめた。

どこか前の方から、かすかな音が聞こえる。つぶやき声や、低い声。音の方向に行くと、重い青《せい》銅《どう》の錠前《じょうまえ》がかかったドアがあった。小さな格子窓《こうしまど》からのぞくと、暗やみにたくさんの影《かげ》が見えた。格子をにぎりしめた、青白い顔が二人を見ている。

オッティリーが錠前にさわった。手がふるえている。目をとじた。ギーと音を立てて、鍵《かぎ》があいた。二人は力を合わせて重いドアをあけた。人間がころがり出てきた。青白い顔をして、やせ細り、ぼうぜんとした顔をしている。ベルベットの上着を着た年取った紳士《しんし》、少女、三人の若者《わかもの》、一人の女性《じょせい》、さらに十二人以上もの男女が出てきた。みんな立ちつくしている。数人が当惑《とうわく》したように、すわりこんだ。

オッティリーがとつぜん、息をつまらせたような声を出して、女性の一人にかけよった。

「か、母さん」

泣きながらささやいた。

「母さん、死んだと思ってた」

オッティリーの母さんは両手でオッティリーの顔をおさえ、目をのぞきこんだ。それから、オッティリーを引きよせてだきしめ、ささやいた。

「ああ、オッティリー」

ステラはその小部屋をのぞいた。もう、だれもいない。オッティリーに向かってささやく。

「あなたはみんなを連れて階段《かいだん》をのぼって。できるだけ急いで。道はわかるわね。だいじょうぶ？」

「もちろんだよ。でも、ステラはいっしょに来ないの？」

「この先に行かなければならないの。見つけなきゃならない人がいるの」

ステラはささやいた。

「あたしもいっしょに行く……」

「いいえ。あなたは、この人たちを助けなきゃ」

ステラはオッティリーを軽くおした。

「やらなきゃならないの。あなたならできる。とても勇かんですもの」

オッティリーは少しまよったが、目をふいてうなずいた。母さんから手をはなして、ステラをだいた。

「幸運を祈《いの》るね」

また母さんの手をにぎると、とらわれていた人たちに顔を向けて小声でいう。

「行こう。ついてきて。い、急がなきゃ。できるだけ静かにね」

ステラは、オッティリーが先頭に立って、通路を階段《かいだん》の方向に歩いていくのを見ていた。それから、向きを変えて、歌声が聞こえてくると思われる方向に歩きだした。

姿《すがた》を消そうと思ったが、できなかった。足を止め、息をすいこんで、もう一度やってみたが、やはりできなかった。重い、よどんだ空気が、ステラが姿を消すのをはばんでいるような気がした。

ステラは不安でためらったが、歌声の方に向かいはじめた。アーチ型《がた》の入り口を入ると長い部屋があり、かがやく鏡やクリスタルがならんでいた。暗やみで、反射《はんしゃ》したものが複雑《ふくざつ》な模様《もよう》をつくっている。ステラはしのび足で奥《おく》に行き、そっととなりの部屋をのぞいた。

夢《ゆめ》に出てきた部屋だったので、おどろいた。弱い緑色の光がまたたき、霧《きり》がくねくねとただよっている。部屋の奥に大きな形が見える。巨大《きょだい》な生き物が玉座《ぎょくざ》にすわっているのだ。その生き物は家一軒《けん》ぐらいもある大きさで、まるで古い石をほったように見える。頭にはクリスタルやかがやく金属《きんぞく》の破片《はへん》をちりばめた王冠《おうかん》をのせている。

山の王だ。

霧が動くと、やせた若《わか》い男性《だんせい》が見えた。はだが紙のように白い。玉座のそばに立ち、小さなハープをひいている。ハープには糸が二本しか残っていないようで、かすかな音しか出ない。若い男性はうたうように口をあけているが、声が出ていない。目をとじている。顔が青白くてぐあいが悪そうで、とてもつかれているようだが、指はハープをひき続ける。

若い男性の横にルナが立っていた！

ステラの心臓《しんぞう》がドキドキした。ルナははだしで、うすい木綿《もめん》のドレスを着ていて、細い髪《かみ》の毛《け》が肩《かた》のあたりに広がっている。ルナは目をとじ、うたっている。声は大きくないが、暗い部屋にひびきわたっている。

ステラが入り口から見ていると、山の王は大きな口に何か入れ、バリバリとかみくだいた。一本の巨大な指で、長い、とがった歯の間から破片を取り出し、床《ゆか》にすてた。青銅《せいどう》のゴブレットからひと口飲んだ。それから頭がたれて、目がとじた。

ステラは巨人が眠《ねむ》ったのを確《たし》かめてから、部屋にしのびこんだ。足もとで何かが割《わ》れるような音を立てたので、ぎょっとして下を見た。床には骨《ほね》が散らばっている。何百とある。何千かもしれない。真っ白なものも、かびて緑色のものもある。ステラは息を飲んで、しんちょうに骨をさけて歩く。

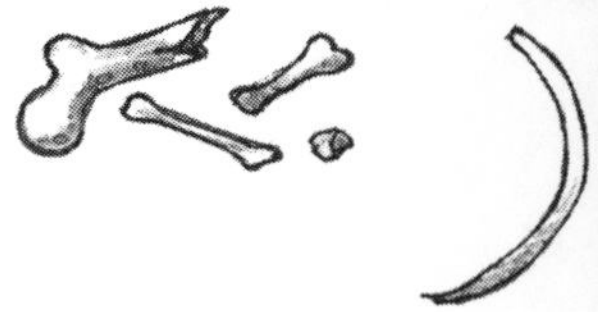

　少し先で、また立ち止まった。胃がぎゅっとちぢまる。骨《ほね》の間に横たわっていたのは、ガーネット氏の真鍮《しんちゅう》のゴーグルと革《かわ》の手袋《てぶくろ》の片方《かたほう》だった。ステラはゾッとして、それらを見つめる。それから、息をすいこんで進んだ。できるだけ玉座《ぎょくざ》の上で眠《ねむ》っている巨人《きょじん》から遠い暗がりを選びながら部屋の奥《おく》に進む。

　姉妹のところにたどりつくと耳もとでささやく。

「ルナ」

　ルナはうたうのをやめなかった。ステラはルナの手をにぎった。とても冷たい。ルナは小さく息を飲み、うたうのをやめて、目をあけた。

「シーッ。わたしよ。助けに来たの」

「ステラ」

　ルナがステラの手をにぎりしめた。

「行きましょう」

　ステラはささやいた。

「行けないの。歌をやめたら、あいつが起きる。そして、

もしおなかがすいていたら……」

ルナがささやいた。

山の王は体を動かして目をあけた。よどんだ池のような、黒い、ギラギラした目だ。

ステラは暗がりにしゃがんで息を止め、心臓《しんぞう》をドキドキさせながら巨人の口があくのを見ていた。口は岩の割《わ》れ目《め》のようだ。とがった歯が光った。巨人はおそろしい、岩がころがるような音を出した。

ルナがあわててうたいはじめた。ステラは待った。やがて、巨人は目をとじた。しばらくして、頭が前にかたむき、いびきをかきはじめた。

どうやって逃《に》げたらいいのだろう。走って逃げることはできない。若《わか》い男性《だんせい》はとても顔色が悪くて、ぐあいが悪そうだ。巨人は二歩でステラたちをつかまえるだろう。

空気がよどみ、暗やみに霧《きり》がただよっている。ステラは首をふった。いつもより頭が働かない。はっとして、無理やり目をあけた。ちゃんと起きて、しっかり考えなければならない。何ができるだろう？

ルナがうたうのをやめると、山の王は目をさますだろう。

逃げるのは不可能《ふかのう》だ。

そのとき、オルゴールのことを思い出した。

ステラはオルゴールを取り出して、中の物を全部出した――小さな人形、フクロウの羽、家族の写真、メッセージが書かれた紙きれ――それをポケットに入れた。小さな鍵《かぎ》をオルゴールの穴《あな》に入れてまわす。

ルナはそれを見て、うなずいた。

ステラはオルゴールのねじをめいっぱい巻《ま》いた。ママの名前を書いた銀の文字にふれる。

ペイシェンス。

それから銀色の月と星にふれた。

そしてルナを見ると、オルゴールのふたをあけた。

鈴《すず》を鳴らすような曲があふれ出て、広い部屋にこだまする。

ルナはうたうのをやめた。

二人は山の王を見る。ステラは息を止めた。山の王は動かない。

ルナはやさしく、ハープ奏者《そうしゃ》からハープを取り、そっと床《ゆか》に横たえた。ステラはその横にオルゴールをおいた。それから、ステラとルナは両側からハープ奏者の手を取る。

「行きましょう」

ステラはささやいた。

骨《ほね》をふまないように気をつけながら部屋を歩く。ハープ奏者は目をとじたままなので、よろめく。

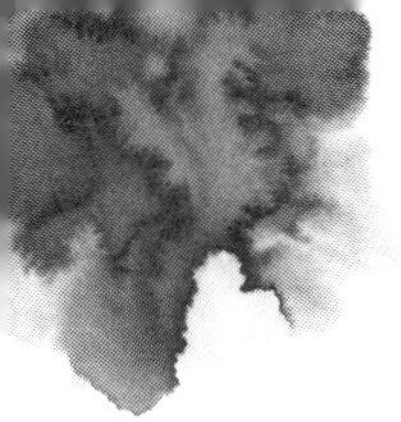

三人はこっそりと部屋を出て、クリスタルをかざった部屋をぬけ、階段《かいだん》に向かって廊下《ろうか》を歩く。

ステラはふり向いた。何もついてきていない。

三人は階段についた。

後ろでオルゴールが鳴り続けている。

ステラとルナはハープ奏者をささえて、階段をのぼりはじめた。

一段ずつ。上に向かって。

下からかすかにオルゴールの音が聞こえる。

三人はのぼり続ける。アーチ型《がた》の入り口や柱を通りすぎる。何かが羽音を立て、いななくように鳴いたのでステラはドキッとした。

ずっと下で、オルゴールがゆっくりになってきた。

三人はできるだけ急いでのぼる。上に、上に。

オルゴールがおそくなり、さらにおそくなる。

ポロン。ポロン。水が落ちるような音が二つし、静かになった。

三人が階段をのぼる足音がステラに聞こえる。

自分の心臓《しんぞう》の音も聞こえる。

しばらく時がすぎた。

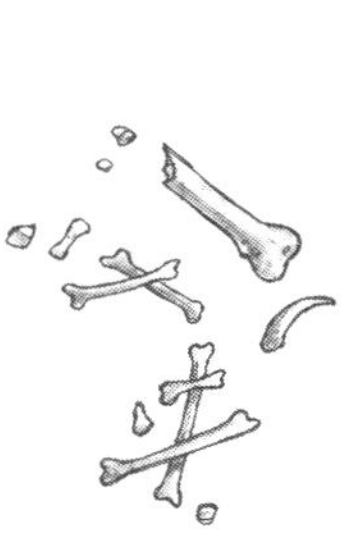

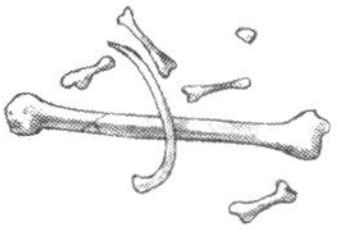

それから、ずっと下の方から、雷《かみなり》のような音がひびきわたった。
足音がひびき、地面がゆれる。
山の王が目ざめたのだ。

23

山の王

ステラとルナは、ハープ奏者《そうしゃ》を引っぱって、できるだけ急いで階段《かいだん》をのぼった。

「急いで！」

ステラが真っ青な顔のハープ奏者に腕《うで》をまわすと、ハープ奏者はステラによりかかった。頭がだらりとたれている。

重い足音が地面をゆらした。山の王の声がとどろく。まるで、トンネルを走る列車のような音だ。

三人はあえぎながらのぼっていく。よろよろと階段の最後に向かう。大きな両開きのドアが見えた。ランタンの明かりが見える。

オッティリーがあいている入り口に立って、手まねきしてさけんだ。

「急いで！」

影《かげ》のような生き物たちが暗やみを飛び、いななくようにほえ、金切り声をあげる。

フェッチがほえながら舞《ま》いおりてきた。細長い指がステラの髪《かみ》をひっかき、首をつかんだ。

ステラは悲鳴をあげて逃《に》げようともがく。ルナとハープ奏者《そうしゃ》を入り口の方におした。山の王が階段《かいだん》の上まで来た。信じられない大きさの体がそそりたつ。山の王はほえた。巨大《きょだい》な手をふりおろして、ステラをつかみあげた。口があいた。ほら穴《あな》のようだ。とがった歯が氷の破片《はへん》のように光り、その冷たい息は死臭《ししゅう》がする。ステラは悲鳴をあげて、もがいた。

とつぜん、下から殺気立ったさけび声が聞こえた。

巨人の体がかたむき、ステラの体をはなしたので、ステラは地面に落ちた。人影《ひとかげ》がステラの上で二本の剣《けん》をふりまわした。

「ステラ!」

アガパンサスだった。赤い羽のついた大きな鉄の兜《かぶと》をかぶっている。フェッチがほえながらつっこんだ。アガパンサスが片方《かたほう》の手に持った剣で切ると、フェッチは悲鳴をあげて逃げていった。アガパンサスはもう一方の剣を山の王に向かって投げると、ステラの手を引っぱって立たせた。

「急いで!」

ジョーも兜をかぶっていて、両手で大きな斧《おの》をふりまわした。ジョーはさけび声をあげながら、山の王の足につっこんだ。山の王は足をふみならして、ほえた。ジョーはサッと逃げ、向きを変えて、また斧をふるった。

あたりで、影のような生き物たちが鳴いたり、ほえたりしている。

アガパンサスがステラを引っぱって両開きのドアを通った。ハープ奏者の手をにぎったルナがいた。ルナはほっとして息をはき、ステラの腕《うで》をつかんだ。

アガパンサスがさけんだ。

「ジョー！　急いで！」

剣を頭上でふりまわす。

ジョーは山の王に向かって斧を投げると、両開きのドアにとっしんし、通りぬけた。

地下から逃げてきた人たち全員が準備《じゅんび》をして待っていた。両開きのドアを肩《かた》でおす。大きなドアはギーッと音を立てて動き、ガーンと音をひびかせて閉《し》まった。オッティリーと母さんがドアに手をあてて、目をとじた。古い鍵《かぎ》がかかるドスンという音がした。

向こう側で何かがドアにぶつかったので、ドアがふるえた。ごう音がひびきわたり、岩が落ちはじめた。

「逃げて！」

アガパンサスとジョーがいっしょにさけんだ。みんな、くずれかけたトンネルを走る。ステラはあえぎ、だれかにぶつかられたり、落ちた石につまずいたりする。みんなトンネルからかけだした。トンネルは大きな音を立ててくずれおちた。

地面がゆれる。トンネルの外の坂を岩がころがりおちる。巨大《きょだい》なレンガの柱の一つがゆれて、たおれた。レンガや岩や土がふりそそぐ。ステラとルナはハープ奏者《そうしゃ》を引きずりながら落ちたガレキをのりこえ、坂をのぼる。手や足にひっかき傷《きず》をつくりながら、のぼっていく。

頭上から弱い明かりが入ってきた。あたりいちめん、土ぼこりだらけだ。ステラたちは、ガレキをのりこえてのぼる。やっと、わずかに空が見え、やがて冷たい外に出た。ステラはルナを引っぱり、二人は力を合わせてハープ奏者を引きあげた。

ステラは息をすいこむと、よろよろと歩いて、たおれこんだ。

「ステラ！」

ステラはくしゃみをした。

「ステラ！　だいじょうぶ？」

ジョーの声だ。ステラは目をあけて空を見た。日がしずみかけていて、雲が赤やオレンジ色になっている。ステラは体を起こして、あたりを見まわした。

美術館《びじゅつかん》広場の真ん中にいた。となりにルナとハープ奏者がいる。二人ともほこりだらけで、おどろいた顔をしている。地下にとじこめられていた青ざめた顔の人たちはせきをしたり、息を切らしたり、空を見あげたりしている。オッティリーは近くに立って、母さんにだきつきながらニコニコしていた。

アガパンサスとジョーがならんで立って、笑顔でステラを見おろしている。ジョーは兜《かぶと》をぬいで、手の甲《こう》でひたいをふいた。

「すごかっただろ？　アガパンサスとおれ、助けにいったんだよ」

「わたくしたち、美術館に行って武器《ぶき》を取ってまいりましたの。それから、ガブロ兄弟が眠《ねむ》るまで長いこと待ちました。しのびよって、頭をなぐって、しばりあげるつもりでしたの。そういう計画でした。けれど、トンネルからあのほえ声やさけび声が聞こえたので、ガブロ兄弟はきもをつぶして、逃《に》げていきました。それで、あなたたちを助けに行けたのです」

「間に合ってくれたわ。ありがとう」

ステラは空を見あげた。

「もう夕方なの？」

「何時間も地下に行っておりましたから。ごぞんじありませんでした？」

ステラはキョトンとして首をふった。

「地下では時間の流れがちがうの」

と、ルナがささやいた。

「この子、わたしの姉妹のルナ。地下にいたの」

ステラはルナの手をにぎった。二人は指をからめあう。

ルナは、はずかしそうにほほえんだ。体が半透明《はんとうめい》になっている。

「あなたとそっくりですわね」

アガパンサスが二人を見比《みくら》べていった。

「その子の体の向こう側が見えることをのぞけばね。すげえな」

ジョーがニッコリした。

「本当に、すごいですわ」

アガパンサスがいった。

ルナがはっきり姿《すがた》をあらわした。

「姿をあらわすのには慣《な》れてないの。でも、かんたんにできるよ」

「ルナはずっと地下にいて、山の王のためにうたっていたの」

ステラが説明した。

「うたい続けなきゃならなかったの。やめたら目をさまして、おなかがすいていたら、だれかを食べるから」

ルナは体をふるわせた。

「フェッチが地下牢《ちかろう》とか外から人を連れてくると、山の王は飲みこんでしまうの。おそろしかった」

「ガーネット氏を食べた、と思う。ゴーグルと手袋《てぶくろ》を見つけたの」

ステラがいうと、ルナはうなずいた。

「ばちがあたったのですわ」

アガパンサスは顔をしかめた。

「そうだよ」

ふいにオッティリーがおこったようにいった。

「本当におそろしい人だった」

ステラはハープ奏者《そうしゃ》に顔を向けた。

「ええと、この人は――」

言葉が出てこない。この人を知っているのは確《たし》かだ。前に会ったことがあるのはまちがいない。

「あたしたちのパパ――だと思う」

ルナがいった。

ハープ奏者はかすかにほほえんだ。

「赤ちゃんのはずだったのに」

といって、ステラのあいているほうの手をにぎった。細い指は冷たかったが、もうはなさないというように、きつくにぎった。ささやき声でいう。

「ママにそっくりだ。二人とも」

「あたしもそう思ったわ」

ルナがいった。

「パパはずっと地下でハープをひいていたの。十年間も。あたしたちを守るために」

24

パパ

美術館《びじゅつかん》広場の真ん中、記念噴水《ふんすい》があるところに巨大《きょだい》な穴《あな》ができて、ガレキだらけだった。下から水がしみ出てきて、玉石の上を流れている。シルクハットをかぶった役人のような男たちや警察官《けいさつかん》たちや、たくさんのやじうまが集まり、おどろいて指さしながら話している。

人がどんどん集まってくる。地下から逃《に》げてきた、やせて青白い顔をした人たちを見つめる。急に一人の老婦人《ろうふじん》が息を飲み、若《わか》い男性《だんせい》にかけよってだきしめた。泣きながらだいている。一人の男性がひざまずいて、少女をだきしめた。長いこと行方不明だった友だちや家族を見つけた人たちがいるのだ。

身なりのよいシルクハットをかぶった大柄《おおがら》な人が人ごみをかきわけてきた。ベルベットの上着を着た紳士《しんし》を見て、大声で笑い、それから泣きだして、大きなハンカチを取り出し、トランペットのような音を立てて、鼻をかんだ。

年取った男性が足早に広場を横切ってきた。コーネリアス氏だ。コクマルガラスのニコラスが帽子《ぼうし》の上にとまっている。足を止めて、しばらくハープ奏者《そうしゃ》の顔を見ていた。それから、声をつまらせていった。

「わたしのフィン。とうとう」

ハープ奏者がふらつきながら立つと、コーネリアス氏がかけよってだきしめた。

「待っていたよ」

顔を見つめて、
まただきしめた。

ハープ奏者はかすれた声で
ささやいた。

「おじいさん、ぼくの子ども
たちです」

「おまえの子どもたちだって！」

コーネリアス氏はステラを見た。

「きみがわたしに会いにきたとき、何か……そう、何かを感じたが、よくわからなかった。長いこと、会いたいと思っていた。そして、きみはフィンを見つけてくれた。ありがとう」

コーネリアス氏はなみだをふいて、ほほえんだ。

「おやおや、わたしらしくないな。きみたち、わたしがおじいさんだよ。いや、ひいおじいさんだ

な」

コーネリアス氏はステラとルナに手をのばした。帽子《ぼうし》の上でニコラスが翼《つばさ》をはためかせて、カーと鳴いた。

広場には幸せなグループがあふれ、あたりの通りからさらに人がかけつけてくる。あの大柄《おおがら》な紳士《しんし》が大声で笑っている。少年たちに硬貨《こうか》をひとつかみわたすと、少年たちはかけていき、レモネードとビールのびんを持って帰ってきた。それに大きなフルーツケーキを三人がかりではこんでくる。

ステラは美術館《びじゅつかん》の階段《かいだん》にルナやアガパンサスやジョーやパパやひいおじいさんといっしょにすわった。オッティリーと母さんは腕《うで》を組んでニコニコしながらすわっている。

リザとウィルがやってきた。ネコのミッドナイトはリザの肩《かた》に乗っていて、二人の妹が後ろからトコトコとついてくる。

「リザ！」

ジョーが立ちあがって、リザの手を取った。

「ジョー！」

リザはジョーをだきしめた。

「ぶじだったのね。とても心配したのよ。何時間も帰ってこなかったから、何か起こったのではないかと思ったの」

「だいじょうぶだよ。おれたち、地下に行ってきたんだ」

ジョーはリザを階段《かいだん》に連れていった。

「ステラのとなりにすわって」

「あなたのネコを見て」

リザはニコニコして、ミッドナイトのしっぽをなでながらいった。

「ミッドナイトは、あたしが何かにぶつかりそうになると爪《つめ》を立てるの。それに、通りで人をいかくしてどかせるの」

「もう、リザのネコよ。ミッドナイトはそれを知っているわ」

ステラはいった。

「近くに来すぎた紳士《しんし》の鼻にかみついたんだよ」

ウィルがニコニコしていった。

リザの肩《かた》にのったミッドナイトはのどを鳴らして、興味《きょうみ》深そうにニコラスを見た。

お盆《ぼん》を持った人がケーキとレモネードのびんを配っている。

ステラは、自分のパパだとわかった人を見た。目をとじてすわり、青白い顔を夜空に向けている。

ステラはパパの顔のしわを見た。やせて、つかれているように見えるが、ほほえんでいる。

ジョーとウィルはどこかに行って、たくさんの毛布《もうふ》とフライドフィッシュを入れた大きな新聞紙

の包みをかかえてもどってきた。みんなフライドフィッシュを食べて、人がふえていくのを見ていた。みんな笑ったり泣いたり話したりしている。ハーディガーディ（バイオリンに似た楽器）の演奏《えんそう》がはじまり、ダンスする人たちが出てきた。だれかが花火を打ちあげた。バン、シューと音がし、色とりどりの火花が散った。みんなが歓声《かんせい》をあげる。

ステラはまだリザのコートを着ているのに気がついた。ぬごうとしたとき、ポケットに入れていたもののことを思い出した。小さな写真、木の人形、フクロウの羽、紙きれを出した。

「見て」

ステラはフクロウの羽をルナに、写真をパパにわたした。

べつのポケットに地下でひろった小石が入っていた。捨《す》てようと思ったが、夕方の明かりでとてもきれいにかがやいていた。赤と緑。色のついた炎《ほのお》のようにきらめいている。

「これを見て！」

ステラはさけんだ。

「宝石《ほうせき》だ！　ルビーとエメラルド」

ジョーがいった。

「ハトの卵《たまご》くらいの大きさだね」

ルナがいった。

宝石《ほうせき》は八個《こ》あった。ステラは手のひらでころがして、宝石がかがやくのを見つめた。

「うわあ」

ウィルがいった。

ステラはにっこりした。宝石の一つをアガパンサスに、一つをオッティリーにあげた。

「わたしたちの思い出に」

「太ったセイウチに誓《ちか》った友情《ゆうじょう》は永遠《えいえん》ですわ」

アガパンサスがいうと、オッティリーが笑った。

「ありがとう」

ステラはジョーとリザにも一つずつあげた。ウィルにも一つあげると、ウィルはほほえんだ。妹たちに一つずつわたすと、目を丸くしてステラを見た。

「いいの、ステラ?」

ジョーが聞くと、ステラはうなずいた。

「もちろんよ」

「おれたち、金持ちだよ。見て、リザ。おれたち、大金持ちだ。貴族《きぞく》みたいに」

宝石が一つ残った。

「二人でわけましょう」

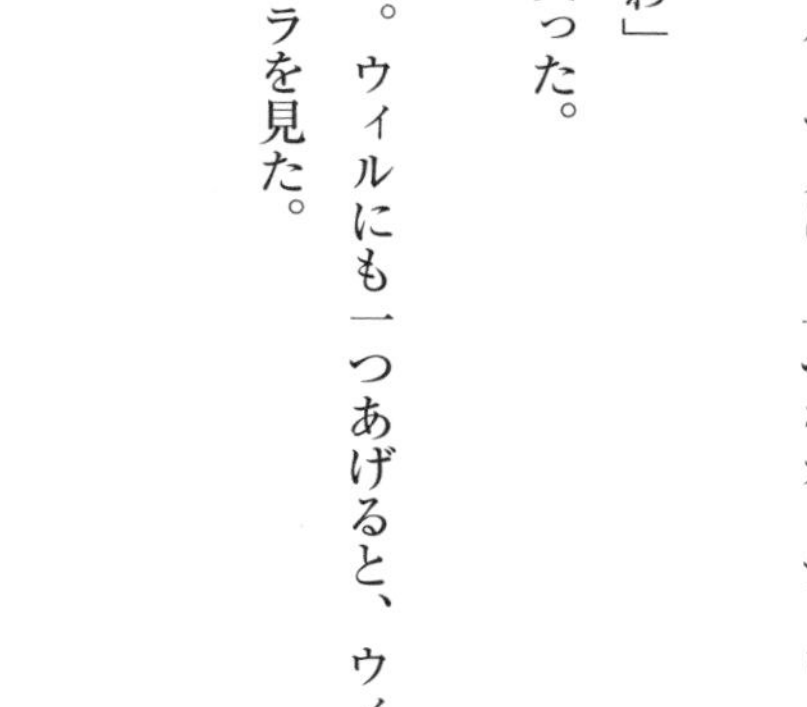

ステラがいうと、ルナはうなずいた。指先でフクロウの羽をなでている。

ステラはルナのとなりにまた腰《こし》をおろし、小声で聞いた。

「スピンドルウィード夫人《ふじん》に何が起こったの？」

「死んだの」

ルナは悲しそうにいった。

「フェッチがあたしをさらいに来たから、ばあちゃんは、それを止めようとした。あたしを守ろうとして戦ったの。とても勇かんだったけど、死んじゃった」

「かわいそうに」

ルナの顔をなみだが流れた。ルナは毛布《もうふ》の角《かど》でなみだをふいた。

「泣かないでおくれ、ティック。ばあちゃんが最後にそういったの。泣かないでおくれって」

「夢《ゆめ》で見たわ。あなたの夢を見たの」

ステラはルナの手を取り、指をからめあった。

ママと二人の赤ちゃんのうつった写真を見ていたパパがつぶやいた。

「ああ、この顔だ。この近くの通りでハープをひいているとき、ママがほかの生徒たちと通ったんだ。ぼくたちは目が合ったとたん、恋《こい》に落ちてしまった。あっという間に」

パパはにっこりした。

「二人とも十八歳《さい》だった。ママはもうすぐ学校を卒業《そつぎょう》するところだった。ある晩《ばん》、ママは窓《まど》からぬけだして、二人で逃《に》げたんだ。ぼくたちはとても幸せだった。世界を見てまわるつもりだった」

パパは写真のママの顔に指でさわった。

「だけど、ママの家族に見つかった。お姉さんたちが反対して、ママをかくしてしまったんだ」

ステラはうなずいた。おばさんたちは、どんなに勇気があって演奏《えんそう》が上手でも、通りで演奏する音楽家と末の妹が逃げることをゆるさなかっただろう。ゾッとしたはずだ。ガーネット校長が、ママのシルエットの下にゆるしがたい人間と逃げた、と書いていた。退学《たいがく》になるわけだ。

パパはささやき声で続けた。

「ぼくは絶望《ぜつぼう》した。ママの居場所《いばしょ》がわからなかった。何か月も探《さが》した。やっと見つけたとき、二人の赤ちゃんを産んだことを知った。ふたごだ。ぼくたちの子ども。ぼくは、なんとかママにメッセージを送った」

「真夜中。四《よ》つ辻《つじ》。待っている。見て」

ステラは紙きれをひらいてパパに見せた。

パパは紙きれを受け取ると、

「これだ」

と、ささやいた。

「だが、フェッチがぼくを追いかけてきて、何もかも悪い方向に行った」

声が小さくなった。パパはため息をついて、また写真を見つめた。

しばらくしてコーネリアス氏がいった。

「わたしのおばあさんがいっていた。数世代前のうちの先祖《せんぞ》はスプライトだった。だから、うちの家系《かけい》に音楽の血が流れているんだ。地下の生き物たちは音楽を求めていた。音楽家をさらっていくことが知られていた。うちの家系にとって、とても危険《きけん》なことだった。通りでうたってはならない、とりわけ日が暮《く》れてから、とよくいっていた」

「スプライトって何？」

ステラが聞いた。

「空気の精《せい》だよ。銀の鈴《すず》のような声でうたう、目に見えないものたちだ。とても美しい歌声で、魔《ま》法《ほう》の眠《ねむ》りにつかせることができる」

コーネリアス氏はほほえんだ。

「そう言い伝えられている」

ステラとルナは目を見かわした。

「あたし、そうなの」

ルナがいった。

「銀の鈴《すず》のような声ではないと思うけど。でもあたし、もう、うたえなくなってもかまわない。ステラとあたしは透明《とうめい》になるの。あたしはいつも、ステラはときどき」

ルナの体が少しうすくなり、またもどった。

コーネリアス氏はおどろいて目をしばたいた。

「これはおどろいた。話を完全に信じていたわけではないが、本当だったんだな。ふたごには、よくそういうことがあると聞いている」

パパが息をすいこむと、話しはじめた。

「フェッチがぼくを追いかけてきていると知っていた。ぼくは船の切符《きっぷ》を持っていた。おばさんたちやフェッチから逃《に》げることができるはずだった。ぼくはママにオルゴールに入れてメッセージを送り、毎晩《まいばん》、森の四《よ》つ辻《つじ》で待った。ずっと待つつもりだったが、フェッチがやってきた。フェッチが小さな子どもたちを連れていくかもしれないと思った。だから、ぼくはフェッチをさそいだした。フェッチはぼくについてきて、つかまえて、山の王に演奏《えんそう》を聞かせるために地下に連れていった。ぼくはできるだけ長い間演奏した。演奏している間は、ぼくの子どもたちが安全だから」

「ママはわたしたちを連れてパパに会いに行ったのよ」

ステラは小声でいった。

「でも、森にモンスターがいて、ママにかみついて殺してしまったの。ママは石に変えられてしまった」

ステラは、森の中の石像《せきぞう》と、その足もとにルナがおいた花のことを考えた。

パパはしばらく二人を見ていた。とても悲しそうだ。パパは小声でいった。

「それ以来、ぼくはずっと演奏していたんだ。だんだん、力がなくなっていった。何週間かすると、ハープがこわれ、声が出なくなった」

「何週間じゃないの。何年もなの。十年間。地下では時間の流れがちがうから」

ルナがいった。

「知らなかった。きみたちはまだ赤ちゃんだと思っていた。きみたちを守っていると思っていたんだ。演奏できなくなると、ドアがあいて、フェッチがぼくのかわりの音楽家を探《さが》しに行った。フェッチはルナ、きみを見つけて、地下に連れてきた」

「あたしが森でうたっていると、フェッチが来たの」

「ぼくがいた場所だ」

パパはうなずいた。

「すまない。きみたちを守りたかったんだが」

ルナはパパの肩《かた》をなでた。

「あたしたち、今は安全よ。もう、パパも安全」

ルナは、もとは噴水《ふんすい》があった穴《あな》を見た。下から水がしみだしてきて、泥《どろ》だらけの湖になっている。

「ドアにはしっかり鍵《かぎ》がかかり、岩や水の下深くにうもれている。もうフェッチは出てこないよ」

パパはほほえんで、目をとじた。

25

世界を見る旅へ

みんな大通りを歩いていった。ジョーの家族におやすみなさいをいってわかれ、その少し先でオッティリーと母さんとわかれた。それから角《かど》を曲がって学校に向かう。

アガパンサスは顔をしかめている。

「あのおそろしいアルバムにもどるのは断固《だんこ》として拒否《きょひ》しますわ」

「ひどい話だ。わたしが校長と話をしよう」

コーネリアス氏がいった。

学校に着くと、ステラとアガパンサスは入るのをためらったが、コーネリアス氏は階段《かいだん》をどんどんのぼっていって、呼《よ》び鈴《りん》を鳴らした。しばらくするとドアがあき、メイドがおどろいて小さく息を飲んだ。

「校長にお目にかかりたいのだが」

コーネリアス氏がいった。

みんなが玄関《げんかん》ホールに入った。ステラとアガパンサスは不安そうに顔を見合わせ、アガパンサスは顔をしかめた。

マンガン先生が主階段《しゅかいだん》をおりてきた。

「ステラ・モンゴメリー、アガパンサス・フォーキントン・フィッチ、いったいどこに行っていたのです？　はずべき行動です。ガーネット校長があなたたちの保護者《ほごしゃ》に手紙を書かれました。なんと申しひらきをするつもりですか？」

ステラとアガパンサスが返事をする前に、コーネリアス氏が進み出た。

「こんばんは。わたしはステラの曽祖父《そうそふ》です。ガーネット校長に話があります」

コーネリアス氏が帽子《ぼうし》をかたむけると、ニコラスが翼《つばさ》をばたつかせてカーと鳴いた。

マンガン先生はおどろいて後ろにさがり、少し口ごもったあと、

「聞いてまいります」

といって、階段をのぼっていった。

ステラたちは待った。数分してステラがささやきかけようとすると、アガパンサスはいなくなっていた。ステラはルナに顔を向けた。

「アガパンサスはどこ？」

ルナは首をふった。

「知らない」

上の方から大きな声が聞こえた。だれかが悲鳴をあげ、どっと笑い声があがり、走る足音がする。

とつぜん、アガパンサスが主階段を二段ぬかしでおりてきた。

「何がおこったの？　何をしたの？」

ステラが聞くと、アガパンサスはステラの手をにぎった。

「裏《うら》階段からこっそりとガーネット校長のパーラーに行って、あのおそろしいアルバムを火にくべてやりましたの」

上で声が大きくなった。だれかがさけんだ。悲鳴と、割《わ》れた陶器《とうき》のぶつかる音がした。

マンガン先生がどなっている。

「みなさん！　静かになさい！」

大きな笑い声がして、歌声が聞こえた。

ウェイクストーンの生徒、歩み続ける、
やらねばならぬことをやり続ける。
おそろしくても逃《に》げず、ひるまず、
つねに道義《どうぎ》をわきまえ、つねに正しく。

校歌はかん高い笑い声で終わり、『若《わか》い女性《じょせい》のための読み物と道徳《どうとく》の教え』が階段の手すりから玄関《げんかん》ホールに放り投げられた。奇妙《きみょう》な白い鳥のむれのように舞《ま》いおりてくる。マンガン先生とフェルスパー先生がさけんでいる。マクラッグ先生は足をふみならしてどなっている。わきあがる声にまじって、ガーネット校長の金切り声が聞こえた。

アガパンサスは鼻で笑った。

玄関の呼《よ》び鈴《りん》が鳴り、メイドがクスクス笑いながら出ていき、ドアをあけた。外に大きな馬車が止まっていた。馬車のとびらがあくとステラは息を飲んだ。コンドレンスおばさん、テンペランスおばさん、エイダがおりてきた。御者《ぎょしゃ》が、馬車の後ろにストラップでとめていた車いすをおろし、エイダが、ディリヴァランスおばさんが乗るのを手伝い、毛布《もうふ》をかけた。

ステラはまよったが、玄関前の階段《かいだん》に出た。ディリヴァランスおばさんがステラをにらみ、女王のように指でステラをまねいた。

「すぐに来なさい！」

声がとどろく。おばさんのビーズのような黒い目はスエット・プディングの中のおこった干《ほ》しブドウのようだ。ステラは、いつものことだが、気持ちががっくりと落ちこむのを感じた。

「背中《せなか》をのばして、足をそろえて。なんというはじさらし。作法をすっかりわすれてしまったのですか？　ガーネット校長から手紙をいただきました。はずべきことです。わたしたちは、あなたをむかえに来ました。あなたのふるまいは、まったくゆるすことができません」

「言語道断《ごんごどうだん》です！」

テンペランスおばさんがいった。

「なげかわしい！」

と、コンドレンスおばさん。

ステラはカンカンにおこっているおばさんたちを見た。アガパンサスがガーネット校長のアルバムを燃《も》やしたからといって、おばさんたちの態度《たいど》が変わると期待するのは無理だろう。とても長い間おそろしい人たちだったのだから——今さら変わるわけがない。

ステラはいった。

「ディリヴァランスおばさん、ふたごの姉妹のルナをご紹介《しょうかい》します。それと、ここにいるのはパパのフィンです。あと、ひいおじいさんのコーネリアス氏」

ステラはルナたちに階段をおりてくるように合図をした。ルナは腰《こし》を落としておじぎをした。パパは頭を下げ、コーネリアス氏は帽子《ぼうし》を取った。ニコラスは翼《つばさ》をばたつかせた。

「ニコラスです。コクマルガラスなんです」

ステラは指さした。

ディリヴァランスおばさんは口をあけ、閉《し》めた。またあけたが、かすかな息をもらす音が出ただけだった。テンペランスおばさんの片目《かため》はクルクルまわり、おどろきのあまり、変なかん高い声をもらしている。コンドレンスおばさんはハアハアあえぎ、おなかをおさえると、特別製《とくべつせい》のコルセットがビュンと音を立てた。

「むかえに来てくださってありがとうございます。わたしのためにいろいろしてくださってありがとうございました。これまでごめいわくをおかけして申しわけありませんでした」

ステラはパパを見た。

「でも、これからはパパと暮《く》らします」

しばらくの間、ディリヴァランスおばさんは、こちらをにらんだまま何もいわなかった。それから、すばやくうなずいた。

「そうですか」

くちびるが、まるで笑うように横に引っぱられた。

ステラはまばたきした。見まちがいだろう。これまでディリヴァランスおばさんが笑うのを見たことがない。一度も。

ディリヴァランスおばさんはエイダに、馬車に乗るのを手伝うように合図した。コンドレンスおばさんとテンペランスおばさんも、馬車に乗った。御者《ぎょしゃ》が車いすを馬車の後ろにストラップでとめた。

ステラは手をふった。エイダはむっつりしたまま、賛成《さんせい》だというようにうなずいてみせた。おばさんたちは顔をしかめている。御者が手綱《たづな》を取り、馬車は走っていった。

コーネリアス氏はステラのトランクを自分の家に送るように手配してくれた。学校じゅうにわきあがったそうぞうしい音に動揺《どうよう》し、困惑《こんわく》しているマンガン先生に帽子《ぼうし》を取ってあいさつした。ステラたちは満足そうな顔をしているアガパンサスにさよならをいった。学校を出るとき、四階の窓《まど》があいて、二人の少女が顔を出した。キャアキャア笑いながら枕《まくら》でたたきあっている。枕がさけ、羽毛が雪のように飛びだした。

ステラたちはいっしょに通りを歩いて帰った。ステラとルナはパパと手をつないでいる。

「わたし、ママのことはほとんど覚えていないの」

ステラが静かにいった。

「あたし、ママがうたってたのを覚えてる。それに、泣いてたのも。覚えてるのはそれだけ」

と、ルナ。

「ママはいつもとても勇かんで、やさしかったよ。ぼくにとって、ママは美しかった」

パパがいった。

ステラはため息をついた。

「地下にオルゴールをおいてきたのがざんねんだわ。ママのものはあれだけだったのに。すてきなオルゴールだった」

パパがほほえんだ。

「ぼくがつくってあげたんだ。そしてぼくたちの命を救ってくれた。ママは喜んでいると思うよ」

「パパがつくったの?!」

ステラがきいた。

「そうだよ。ぼくがきみたちのママのために、もちろんきみたちのためにも、つくったんだ。三人の名前をかいておいた」

「ペイシェンスとかいてあったよ」

ルナがうたがわしげにいった。

「それと、星と月があっただろ。ステラとルナの意味だ」

パパは足を止めた。

「二人の女の赤ちゃんが生まれたと聞いたとき、ママがどんな名前をつけるかわかっていた。いっしょに逃《に》げた夜にちなんで名前をつけたんだ。ステラは星、ルナは月の意味だ。あの晩《ばん》、二人で話し合ったんだ」

パパはまたほほえんで、空を見あげた。

「見てごらん」

暗い空には雲がかかっていたが、ずっと上に細い三日月と、かがやく星が一つ出ていた。


コーネリアス氏は自分の部屋に敷物《しきもの》や毛布《もうふ》を使って寝床《ねどこ》をつくってくれた。ステラはとてもつかれていたが眠《ねむ》れなかった。毛布をかけているとあたたかかった。横たわったまま、窓《まど》から夜の空を見て、家族の寝息を聞いていた。

考えることがいっぱいあった。たくさんのことが起こった。

うとうとして、また目ざめた。何時間もすぎ、とうとう外の空が明るくなってきた。ステラは体に毛布を巻《ま》いて、日がのぼるのを見ようと窓のそばに行った。ウェイクストーンの丘《おか》が黒くそびえている。地下深くにいる山の王のことを考えると、ステラは身ぶるいして毛布を引きよせた。

「美しいだろう?」

コーネリアス氏がステラの横に来た。

ステラはうなずいた。空はロウソクの炎《ほのお》のようにかがやいている。二人は雲のはしが黄色やオレンジ色に変わるのを見ていた。

「これからどうするのか考えたかな?」

コーネリアス氏が聞いた。

ステラがポケットに手を入れると、地下でひろったルビーがあった。

「これで、船の切符《きっぷ》を買える? わたしたち全員分?」

「もちろん。十分すぎるくらいだ」

しばらくしてコーネリアス氏が聞いた。

「わたしたちは、どこに行くのかな?」

ステラは、朝もやの中で、町の向こうにある遠い丘《おか》を見た。

大好きな地図帳のことを思い出した。ウイザリング・バイ・シーの町に住んでいたとき、地図帳を見て長い時間をすごした。指で道や川をたどり、海をわたった。行きたいところがたくさんある。ちがう言葉を話す人々のいる町に行ってみたい。トラやゾウやオウムがたくさんいるジャングルを見てみたい。お寺や塔《とう》や山や氷河《ひょうが》も。

なんでも見てみたい。

「わたしたちのいとこが、サルガッソ海で海草を探《さが》しているの。そこに行けるかもしれない」

ステラはルビーを空にかかげた。

ルビーは、のぼってくる日の光をあびてかがやいた。

「手はじめに」

エピローグ

三週間後、波止場《はとば》に着いたときは雨がふっていた。

ステラたちは人ごみをかきわけて蒸気船《じょうきせん》に乗った。ポーターがトランクを船に積んでくれた。船のもやい綱《づな》が解《と》かれた。

みんなさけんで、おわかれの手をふる。

灰色《はいいろ》や青に見える川の水がうず巻《ま》く。

雲のすきまからさした太陽の光があたったところが、かがやく。カモメが鳴いた。

ステラは川を進みだした蒸気船の手すりによりかかった。岸がずっと遠くに灰色のかたまりに見えるようになるまで、立って見ていた。

とうとう手すりに背《せ》を向けて、姉妹やパパやひいおじいさんの立っているところまで甲板《かんぱん》を歩いていった。ニコラスが、コーネリアス氏の帽子《ぼうし》にとまり、カーと鳴いて翼《つばさ》をばたつかせた。

ステラは家族のもとに行くと、ルナの手を取った。指をからめ、しっかりにぎる。

二人はならんで、前方を見る。

河口の目印である、波がうちよせている灯台《とうだい》。
その向こうにある広い海。
もう二人はふりかえらなかった。

訳者《やくしゃ》あとがき

三巻《かん》もハラハラ、ドキドキ、でしたね。特に最後のほう、地底の王国に入っていくあたりから脱出《だっしゅつ》するまで、手に汗《あせ》をにぎりました。

さて、ここで、前の二巻を読んでいない人のために、あらすじを書いておきます。舞台《ぶたい》はヴィクトリア朝のイギリス。ヴィクトリア朝とは、ヴィクトリア女王がイギリスを統治《とうち》していた一八三七年から一九〇一年の間です。産業革命《かくめい》により経済《けいざい》が発展《はってん》した時代でした。

一巻「海辺の町の怪事件《かいじけん》」では……

両親がいないステラ・モンゴメリーは、海辺の町のウイザリング・バイ・シーにあるマジェスティック・ホテルに、こわい三人のおばさんたちといっしょに滞在《たいざい》していました。ある日、ホテルの温室で、宿泊客《しゅくはくきゃく》のフィルバート氏から小さな包みを守るようにたのまれます。この包みをめぐって、おそろしいマジシャンの教授《きょうじゅ》に追われるはめになります。幻視《げんし》のできる少年ベンや踊《おど》り子《こ》のガート、ネコのコーラスを指揮《しき》するカペッリ氏と知り合い、冒険《ぼうけん》をすることになります。その過程《かてい》で、自分がベンと同じ不思議な力を持つフェイであることを知ります。

ステラの場合は、体を消すことができる力がありました。また、小さいころの自分が、ワームウッド・マイアのお屋敷《やしき》で、ママらしき人と姉妹らしい子といっしょに写っている写真を見つけます。自分には姉妹がいるのだろうか？——無事、教授の魔《ま》の手からのがれたステラは、おばさんたちの滞在しているマジェスティック・ホテルに帰ります。

二巻「お屋敷の謎《なぞ》」では……

ホテルに帰ると、おばさんたちはカンカンになっていて、いとこたちといっしょに家庭教《きょう》師《し》について勉強するため、ステラは、ワームウッド・マイアの屋敷に送られることになりました。赤ちゃんのときの自分と姉妹、それにママが写っていた写真の場所です。

今、屋敷に住んでいるのは、いとこのストライドフォースと妹のホーテンス、それに植物の研究に熱心な家庭教師のアラミンター先生でした。屋敷の外の門番小屋にはバードック夫妻《ふさい》と孫のジェムが住んでいました。バードックのおかみさんは、ママのことや屋敷の秘密《ひみつ》を知っているようなのに、何も教えてくれません。ステラは、この屋敷を建てたひいひいおじいさん、ウィルバフォース・モンゴメリーのかくされた書斎《しょさい》を見つけ、地下に入っていきます。そこでステラたちが見たものは？

——そしていよいよ、この三巻が完結編《かんけつへん》です。

おばさんたちにウェイクストーン・ホール女学院《じょがくいん》に送られたステラ。規則《きそく》だらけのきびしい学校でした。やっと友だちがふたりできたと思ったら、そのうちのひとりオッティリーがさらわれてしまいます。オッティリーを助けようと、ステラは友だちのアガパンサスといっしょに地下の世界へ。言い伝えによると、この町の地下には「山の王」と呼《よ》ばれる巨人《きょじん》が住んでいるとか……。この巻《かん》では、いよいよ、ふたごの姉妹と父の行方も明かされます。

作者のジュディス・ロッセルさんがイラストもかいているのですが、みなさんは、それぞれの巻で文字やイラストの色がちがっているのに気がついたでしょうか？　一巻は青、二巻は緑、そしてこの三巻は紫色《むらさきいろ》です。ちょっとカバーをはずしてみてください。下の表紙もそれぞれ、青、緑、紫色になっているんですよ！

わたしは食《く》いしん坊《ぼう》なので、本に出てきた食べ物が気になってしかたありませんでした。いくつか調べてみると、スエット・プディングはバターのかわりに牛やヒツジの脂《あぶら》（スエット）を使ったお菓子《かし》だそうです。アップルラフはアップルパイに似《に》たもののようです。ウナギのゼリー寄《よ》せは、ウナギの煮《に》こごりともいい、ウナギを煮て冷まし、まわりをゼリー状《じょう》にかためたもの。十八世紀に生まれたイギリスの伝統《でんとう》料理だそうです。物語に登場する食べ物を想像《そうぞう》しながら、もう一度本を読み返してみるのも、楽しいかもしれませんよ。

日当陽子《ひなたようこ》

ジュディス・ロッセル Judith Rossell
児童書の作家、イラストレーター。いくつかの職業についたあと、本の仕事に専念し、これまでに、十三作の物語を発表している。さし絵、絵本の仕事は八十冊をこえる。オーストラリアのメルボルンにネコとともに暮らしている。日本で紹介されている作品に『ルビーとレナードのひ・み・つ』（PHP研究所）、『名探偵スティルトン ぬすまれた財宝をさがせ！』（新風社）などがある。

日当陽子 Yoko Hinata
翻訳家。子どもたちが読みたいと思う本を紹介したくて翻訳の仕事を始める。おもな訳書に『耳の聞こえない子がわたります』、「魔女の本棚」シリーズ（フレーベル館）、「リトル・プリンセス」シリーズ（ポプラ社）、『6この点―点字を発明したルイ・ブライユのおはなし―』（岩崎書店）、『ひみつの花園』（学研プラス）、『ハリーとしわくちゃ団』『ステラ・モンゴメリーの冒険1―海辺の町の怪事件―』『ステラ・モンゴメリーの冒険2―お屋敷の謎―』（評論社）などがある。

ステラ・モンゴメリーの冒険3―地底国の秘密―
2020年7月20日　初版発行

著　者　ジュディス・ロッセル
訳　者　日当陽子
発行者　竹下晴信
発行所　株式会社評論社
〒162-0815　東京都新宿区筑土八幡町2-21
電話　営業03-3260-9409
編集03-3260-9403
印刷所　中央精版印刷株式会社
製本所　中央精版印刷株式会社

ISBN978-4-566-02462-5　NDC933　p.320　197㎜×128㎜
http://www.hyoronsha.co.jp

ステラ・モンゴメリーの冒険

ジュディス・ロッセル 作／日当陽子 訳

1. 海辺の町の怪事件

三人のおばさんとたいくつな毎日をすごすステラ。ある日、老紳士に小さな包みをあずかったことから、とんでもない事件に巻きこまれていく。いにしえの大魔術師や幻視する少年らが登場するダークな味わいのファンタジー。

2. お屋敷の謎

おばさんたちが決して教えてくれないステラの過去。おさない日をすごしたワームウッド・マイアの屋敷に帰ったステラは、自分の秘密を探りだそうと決意する。写真の女の子はいったいだれ？　そして広大な屋敷にかくされたおどろきの事実とは？